חוקים ונסתרת אהבה

LOIS ET MYSTÈRES
DE L'AMOUR

TRADUIT DE L'HÉBREU

PAR

ALEXANDRE WEILL

NOUVELLE ÉDITION

Augmentée d'un Monitoire du traducteur

Ces pages n'ont pas été traduites
pour être lues par des femmes; mais
le père en prescrira la lecture à son
fils.

PARIS

DENTU, ÉDITEUR

GALERIE D'ORLÉANS — PALAIS-ROYAL

Et chez tous les libraires

1880

LOIS

ET

MYSTÈRES DE L'AMOUR

PARIS. — IMPRIMERIE MOTTEROZ

Rue du Four, 54 bis.

חוקים ונסתרת אהבה

LOIS ET MYSTÈRES

DE L'AMOUR

TRADUIT DE L'HÉBREU

PAR

ALEXANDRE WEILL

NOUVELLE ÉDITION

Augmentée d'un Monitoire du traducteur

~~~~~~

Ces pages n'ont pas été traduites
pour être lues par des femmes; mais
le père en prescrira la lecture à son
fils.

PARIS

DENTU, ÉDITEUR

GALERIE D'ORLÉANS — PALAIS-ROYAL

Et chez tous les libraires

—

1880

EXPLICATION

Au commencement de l'hiver 1830, malade d'une fièvre scarlatine rentrée, je fus, à minuit, transporté dans l'hôpital juif de Francfort-sur-le-Mein. Le docteur Goldschmid, médecin de l'hô-pital (1), averti, vint me voir, malgré l'heure avancée de la nuit. Voici, en quelques lignes, le portrait de cet homme extraordinaire. En 1830, il était âgé de quatre-vingt-quatre ans. Dans sa jeunesse, ayant fait des études rabbiniques, il était connu pour un fort hébraïsant, mais ses principes philosophiques s'étant opposés au sacerdoce, il résolut d'étudier la

---

(1) Ne pas confondre avec l'avocat Goldschmid, beaucoup plus jeune, et qui fut également, mais plus tard, mon ami.

1.

médecine. A vingt-cinq ans, il obtint à l'Université le double titre de docteur en philosophie et en médecine. Il a toujours été et il est mort déiste rationaliste.

Le docteur ayant appris par l'infirmier que j'étais un des étudiants talmudistes *élus* (il y en avait douze sur soixante, et j'étais le plus jeune), m'adressa la parole en hébreu. Je lui répondis par une phrase classique de l'Exode. Il me promit de me guérir. Au bout de huit jours, je fus hors de danger. Le docteur m'ordonna de garder la chambre pendant six semaines et la maison pendant trois mois. Il y avait eu plusieurs cas de rechute suivis de mort. pendant ce temps, je devins le protégé, le favori de ce cher docteur. Non seulement il passait avec moi des heures entières à parler hébreu et à discuter sur l'exégèse, mais il se proposa de faire de moi un médecin. Grâce à lui, je suis resté neuf mois à l'hôpital, revêtu des triples fonctions d'infirmier, de préchantre (il y avait un oratoire) et d'étudiant. Le docteur avait mis toute sa bibliothèque à ma disposition. A plusieurs reprises, il me parlait d'un petit traité qu'il venait d'écrire en hébreu, pour s'entretenir la main, — il écrivait d'ailleurs l'hébreu avec plus de facilité que le latin, — et que d'un jour à l'autre il devait me lire. Après sa mort (dans ma *Jeunesse* on en trouvera la cause), qui du coup renversa mon pot au lait de Pérette, son fils, le docteur *Clémens*, élevé dans la religion chrétienne et qui, je crois, vit encore, m'a remis un petit paquet sur lequel se trouvait mon nom. Ce fut un manuscrit hébraïque en lettres rabbiniques avec le titre : *Lois et mystères de l'Amour*. Je me mis à parcourir les premières pages, qui, bourrées de considérations philoso₁ hiques, auxquelles j'étais habitué dès mon adolescence, ne me parurent pas très affriolantes. Je remis le manuscrit à mon rabbin. Celui-ci y ayant vu quelques lignes contre la circoncision, me dit : « C'est trop fort pour toi! tu liras cela plus tard! »

Ballotté continuellement entre les soucis, la misère, l'étude et les passions de jeunesse, je ne songeai pas plus à ce manuscrit qu'à ma première chemise. Dix années plus tard, revenant de Paris, je fus invité

à dîner chez mon vieux rabbin, âgé alors de quatre-
vingt-dix ans, et qui, me rappelant mon dépôt, me
le remit en disant : « Il y a dix ans, cet écrit aurait
pu te conduire au doute. Aujourd'hui que tu es perdu
corps et âme, je te le tends comme une planche de
salut. Mais cette planche n'est qu'une volige. C'est
fragile comme toute philosophie. »

Je pris le manuscrit fortement endommagé et sans
le lire (j'avais d'autres chattes à fouetter), je le remis
à mon ancien condisciple Kaufman, éditeur d'ou-
vrages hébraïques, et le priai de me le faire traduire
en allemand. Douze années plus tard encore, passant
par Francfort et entrant dans le magasin de M. Kaufman, celui-ci me dit : « J'ai encore une traduction
à toi, elle m'a coûté sept francs. » Et il me tendit un
rouleau de papier jauni, barbouillé d'allemand écrit
en lettres hébraïques. — « Et le texte ? » lui dis-je.
— « On ne me l'a jamais remis. Mais peu importe !
Le traducteur a copié en marge les citations hébraïques de la Bible et du Talmud. »

Je pris cette traduction, et, après en avoir payé le
coût, je la lus d'une traite.

Il ne m'appartient pas d'en faire l'éloge. Un aveu suffira. Ces quelques lignes furent pour moi comme une révélation. J'y ai puisé les principes fondamentaux de tout ce que j'ai écrit depuis dix ans, y compris *la Parole nouvelle*. De là, quelques redites, quelques répétitions. Seulement, de ces principes, j'ai tiré toutes les conséquences logiques. A la fin, elles ont influé jusqu'à mes mœurs et à ma manière de vivre. Pourtant, n'étant pas médecin, je ne puis, pour la partie médicinale, assumer la responsabilité scientifique, bien que le système du docteur concorde presque en tout avec le Talmud.

Depuis longtemps, j'ai traduit ces pages en français. Si je ne les ai pas publiées, c'est que je me suis cru trop jeune encore pour mettre mon nom, ne fût-ce qu'en qualité de traducteur, à une œuvre magistrale sur les lois de l'amour. Depuis quelque temps, me sentant vieillir et songeant souvent à la mort, je me hâte de vider mon sac (1). Je déteste toute œuvre posthume. Ce que l'on ne fait pas soi-même n'est pas fait!

(1) Et aussi parce que je ne trouve pas d'imprimeur pour mes autres travaux.

Je pourrais dire que je publie cette traduction par devoir, espérant que ces lignes d'un médecin octogénaire exerceront une influence salutaire sur les mœurs de mes compatriotes. Mais je mentirais.

Bien que né à Schirhof, dans un hameau du département du Bas-Rhin, et élevé en Allemagne, je connais à fond le peuple français, *le peuple le plus grave et le moins sérieux de la terre.* Depuis l'âge de neuf ans, je me nourris de la moelle de ses meilleurs penseurs et écrivains qui, eux, n'ont jamais eu de l'influence que sur des *non-français.* Quand on pense que ce peuple, après avoir produit Molière, le génie le mieux équilibré de la création, après le triomphe récent de *Tartuffe,* a, Bossuet en tête, vociféré des bravos à la révocation de l'édit de Nantes! Quand au Français on parle vérité ou mensonge, il vous répond paradoxe. Les plus grands génies, pendant deux siècles, lui parlent du dieu de la raison, il leur répond catholicisme ou athéisme. Le Français n'a jamais fait une loi que pour la violer. Il ne se marie que pour commettre des adultères. D'un côté, il proclame le mariage un sacre-

ment, de l'autre il élève des palais au saint Célibat!
La France de Pascal, de Molière et de Voltaire est
la seule jésuitière de l'Europe. Après des siècles de
chefs-d'œuvre, après cent batailles gagnées sur le
fanatisme et l'athéisme, la France, d'un côté, marche
vers l'inquisition, — qui d'ailleurs est une création
française établie par un homme qu'elle appelle saint
Louis, — et de l'autre vers le matérialisme le plus
brut, le plus fou. Parlez donc amour, mariage,
monogamie, lois de la nature et de la génération à
un peuple qui, en 1867, possède à droite deux cent
mille capucins et nonnillons fraîchement éclos, et à
gauche autant de cocots et de cocottes! Peuple de
hableurs, a dit Montaigne; peuple de singes, a dit
Voltaire; peuple de laquais, a dit Paul-Louis Cou-
rier; peuple de paillards, dis-je, moi, qui suis peintre
tout comme un autre.

Je ne me flatte pas un instant que les doctrines
hygiéniques et philosophiques du docteur Goldschmid
aient la moindre influence sur les amours plus que
profanes de mes concitoyens. Ils y chercheront et ils
trouveront tout autre chose que ce qui y est vérita-

blement. Ils railleront le traducteur, que sais-je! Il
se pourrait bien qu'on trouvât le docteur ou moi
très immoral pour divulguer au public les causes
physiques de tant de défaillances spirituelles. Qu'importe! Je n'ai jamais écrit, je n'écrirai jamais un
livre ni un article pour plaire à quelqu'un, ni pour
en tirer un profit individuel. Si cet opuscule est jugé
utile à quoi que ce soit, je le donnerai à qui me le
demandera. Je n'ai jamais spéculé sur mes idées ni sur
celles de mes amis. Je me crois une mission. Je crois
en Dieu et à l'immortalité; à ma manière, il est vrai,
mais j'y crois avec ardeur. « Les morts seuls, s'écrie
Schiller, vivent éternellement! » Celui qui n'aspire
pas à vivre mort, n'a rien, n'est rien et ne fait rien !

Que voulez-vous? Je suis bourré, pourri d'illu-
sions poétiques. Je crois même, malgré que j'en
aie, à l'avenir de la France. C'est plus fort que moi.

Ah! j'ai dit le fin mot. Vous me demandez pourquoi cette traduction? C'est plus fort que moi.

Cela fait, je retourne à mes galères.

Alexandre WEILL.

Paris, 1867.

LOIS

ET

MYSTÈRES DE L'AMOUR

I

Tout homme intelligent, observateur et de bonne foi, pour peu que son esprit ne soit ni louche, ni tors, ni dépourvu de virilité (le mot hébreu est plus cru), reconnaîtra une force créatrice de la nature. Peu importe que les uns identifient cette force avec la nature même et que les autres la déclarent auto-créatrice, à la fois cause et effet, supérieure à la nature et à tout ce qu'elle contient. Que la matière pense ou non, il existe des êtres pensants. Celui qui les a créés, quel que soit son nom (je l'appelle *Jéhovah*), est un Être suprême qui fut, qui est, qui sera toujours, et qui ne change jamais.

Quoi que fasse l'homme, qu'il se dise athée, théiste ou polythéiste, toujours faut-il qu'il arrive, ne fût-ce que pour expliquer la loi d'un fétu, à une force auto-créatrice qui s'est d'abord créée elle-même, qui a créé la nature et l'homme.

J'ai quatre-vingt-quatre ans. J'ai lu d'innombrables discussions métaphysiques, depuis Platon et Maimonide jusqu'à Voltaire. Elles ergotent toutes sur des mots, sur des attributs. Du moment qu'un homme pense, parle, il prouve une force pensante et parlante, ayant de l'ordre dans les idées et une raison qui conclut. Qui lui a donné ce pouvoir ? Quel qu'il soit, c'est un pouvoir intelligent, raisonneur, logique et qui n'a pas donné à l'homme toute sa puissance (1). A moins que l'homme ne se croie son propre créateur. Qu'on s'adore alors! Seulement les hommes appellent cela de la folie. Chose curieuse! s'écrie Maimonide. Que reproche l'homme à Dieu ? De ne l'avoir pas créé parfaitement heureux. N'étant parfait en rien, de quel droit prétend-il être parfait en bonheur? Il eût fallu le créer alors parfaitement vertueux. Cela eût peut-être été dans le pouvoir de Dieu (2). Mais je doute que les hommes eussent été heureux d'avoir été créés vertueux et sans passions.

(1) Voir ma *Parole nouvelle*, où il est prouvé que nulle force ne produit une autre force égale à soi. Dieu donc n'a pu créer l'homme autrement qu'il n'est. (*Note du traducteur.*)

(2) Non! car nulle force ne produit une autre force égale à elle. (*Note du traducteur.*)

Que serions-nous sans la passion de l'amour? Le néant! Tout sur la terre aime, même le minéral, même le grain de sable.

La loi d'attraction domine toute la nature. Les planètes aiment. Les sots eux-mêmes aiment, et pour moi il n'y a pas de brute *(Béhémoth)* (בהמות) plus brute qu'un sot *(Evil)* (אויל). La brute fait bien ce qu'elle fait. Le sot non seulement fait tout de travers, mais il nie que l'on puisse penser et faire mieux que lui.

Quoi qu'il en soit, une seule loi domine toute la nature (חוק אחד לכלנו). Isaïe déjà l'a dit, une seule force serpente à travers les mondes et vivifie tout. Tôt ou tard, comme Isaïe l'a proclamé, cette seule loi sera la seule foi de l'Univers.

Cette loi se retrouve partout, dans le brin d'herbe aussi bien que dans le soleil. Attraction, répulsion, harmonie. L'accord par les dissonances. L'harmonie par les contrastes. Pair et impair. Voyelle et consonne. Le grave et le doux. Le jour et la nuit. Le mâle et la femelle. Le fort et le faible. La vie et la mort. La mort est un élément essentiel de la vie, comme la nuit du jour. *La maladie seule est contre nature, contraire à la loi des choses. Elle vient des erreurs et de l'injustice de l'homme.*

II

De prime abord, l'homme n'a qu'à scruter la nature, l'analyser, la pénétrer, pour y découvrir la loi qui l'a créée, et qui ne la conserve que par la même force créatrice. *Mais il ne découvrira jamais dans la nature une loi nouvelle qui ne se trouve écrite en chair, en os et en esprit dans l'homme même. L'homme est la synthèse de toute la nature. Il contient toutes les lois subsidiaires, qui se trouvent éparpillées dans toutes les existences de la nature. En créant l'homme, le Créateur a fait son chef-d'œuvre. Il y a résumé toutes ses lois, il y a déposé toute sa force. La Genèse a raison de dire* (בצלם אלהים עשה את האדם) « *à l'image d'Elohim il a créé l'homme* ». Je défie qu'on trouve quelque part une loi, si grande, si petite qu'elle paraisse, qui ne soit créée, mise en lumière et appliquée dans l'homme. Qu'on admire à satiété les lois des astres, elles n'ont rien de nouveau. Elles sont toutes dans l'homme et bien autrement merveilleuses. Jamais inventeur passé, présent ou futur ne trouvera une loi nouvelle qui ne soit en existence, en relief, en mouvement, en vie, dans la machine morale et physique de l'homme. Les Chaldéens ont compté six cent treize fonctions physiques indispensables pour la vie d'un homme. L'anatomie moderne ne les a pas comptées. Je suis certain qu'il y en a plus. Qu'une seule de ces fonctions vienne à faillir, l'homme est malade, mourant ou mort. Toutes ces fonctions dérivent de la même loi, suivent la même loi, mais chacune révèle une loi subsidiaire jaillie, née de la loi primitive. Le vol des oiseaux, le nagement des poissons, la navigation fluviale, aérienne, tout cela se règle sur des lois que le corps de l'homme bien étudié, bien observé, nous révèle. La circulation du sang par les artères et les veines est bien plus merveilleuse que la gravitation des astres dans l'atmosphère. La décoction, l'assimilation des aliments, leur distillation, la combinaison des gaz, la sécrétion des sucs, l'éjection des urines et des excréments, la transpiration, l'aspiration, et l'expiration de l'air, autant de lois merveilleuses, divines, procédant d'un seul pouvoir, d'une seule loi centrale, rayonnant, divergeant en sens divers. Jamais athée, s'appelât-il l'*Humanité*, ne sera capable d'en créer une seule. Je ne sais pas ce qui est réservé à l'avenir. Mais la loi de la vapeur, comme force motrice, s'est trouvée certainement dans le corps de

l'homme, avant qu'elle se fût manifestée sous le cou-
vercle d'une marmite. Qu'est-ce donc qui fait mouvoir
le sang? La vapeur de sa chaleur! Le mouvement de
l'esprit lui-même n'est que la chaude vapeur du sang
bouillonnant, se dégageant et se distillant par le cerveau.
Et la force de cet esprit se mesure sur la quantité de
cette chaleur, ce que le peuple exprime bien, en disant :
« Il a le sang chaud. »

La terre a des os, de la chair, une tête, des cheveux,
des bras et des jambes comme l'homme. Il n'y a pas de
loi gouvernant la terre, pas même le flux et le reflux de
la mer qui ne se trouve dans l'homme. La circulation du
sang est, en effet, un flux et reflux continuel soumis à la
même loi de retard et d'avance. De même le mouvement
des astres est un flux et reflux réglé sur les lois de l'attraction et de la gravitation. La systole et la diastole du
cœur, ce balancier de la machine qui fait la vie; toutes
les lois de la mécanique, de la statique, de l'hydrosta-
tique, de la géométrie, de la pesanteur, de la gravitation,
de l'attraction, de la chaleur, de la réfraction, sont dans
le corps de l'homme. Une seule analyse de l'œil et de
l'oreille, de la rétine, du cristallin, de l'enclume, du
marteau, de l'étrier, du tambour, nous donne la loi de
cent, de mille découvertes industrielles et mécaniques.
La systole et la diastole du cœur nous montrent le

balancier de toute machine à vapeur. Qu'est-ce donc quand nous arriverons à l'estomac et à ses nombreuses fonctions dont chacune nous révèle une loi nouvelle d'assimilation, de décoction, de combinaison, de sécrétion. C'est toute l'alchimie, toute la chimie. C'est là qu'il faut étudier les gaz et les lois naturelles. Qui connaîtra bien les lois de l'estomac changera le cuivre en or, et le charbon en diamant.

Il n'est partout qu'une loi et qu'une force. La chaleur représente une certaine somme de travaux exécutés par les bras ou le fer. Il faut tant de chaleur, — du sang mû par la pensée, — pour fendre une bûche. Il en faut beaucoup plus pour élever une maison ou renverser une montagne. Les vents ont de la chaleur qui souffle en eux. Tout est sang, chaleur, mouvement. Tout mouvement est pensée, et toute pensée vient de Dieu.

Je m'arrête. Je ne suis pas anatomiste. Ma faible vue m'a empêché de poursuivre la pratique de cet art supérieur, mais je vois de mon œil intérieur. J'ai observé, j'ai comparé et je juge. Tout cela d'ailleurs n'est pas nouveau. Mon professeur à l'Université a publié un traité très remarquable à ce sujet. La fable de l'estomac et des membres est vieille et vraie comme le jour. Les gros, les forts organes travaillent, donnent la vie et la possibilité du travail aux petits. La vie de l'homme est double. Il fonctionne pour travailler, et il faut qu'il se meuve, qu'il travaille pour mettre en mouvement ses organes. Il ne lui suffit pas de manger et de boire pour verser son sang dans toutes les fibres, il faut avant tout qu'il pense, car s'il ne pensait pas, où la main prendrait-elle le manger pour le faire triturer dans l'estomac? L'homme naturel peut avoir trouvé des fruits tout prêts, mais à la longue, sans la pensée, il n'aurait plus rien trouvé, ou bien les hommes, pour un peu de fruits, se seraient tués, ce qui, en effet, est arrivé dans l'état de sauvagerie; faute de fruits et de travail, ils se sont entre-dévorés.

A mesure que l'homme par la pensée a travaillé sur soi-même, il s'est civilisé. Il a trouvé la loi de la nature. Il a vu que rien ne fonctionne pour soi seul, qu'il faut un fonctionnement universel pour la santé universelle. Les forts alors ont travaillé de toute leur force, sans s'assimiler plus qu'il ne leur en a fallu pour donner la vie et la nourriture aux faibles (l'Histoire de l'estomac et des membres); et les faibles fonctionnant en paix ont contribué à la force des forts. C'est la loi du monde, c'est la loi de Dieu qui, de sa force, a donné l'impulsion première à toute cette machine. La terre, comme planète, représente absolument la même loi que l'homme. Pour qu'elle soit saine, il faut qu'elle fonctionne partout, dans son centre comme dans ses extrémités. Il faut qu'elle soit cultivée, c'est-à-dire remuée, travaillée, transformée avec ses propres parties. L'homme de même. Il faut qu'il se cultive de son propre esprit, qu'il se transforme par ses propres idées. Qu'on laisse la terre sans culture, en très peu de temps elle sera sauvage. Loin d'être belle, elle sera affreuse. La malpropreté de l'homme enfante la vermine, la teigne, la gale, toutes sortes d'animalcules de mort. La malpropreté de la terre enfante des vermines plus grosses, telles que tigres, serpents, chacals, panthères, rongeurs, oiseaux de proie qui la dévorent elle et ceux qui l'habitent. Tout mal est vivant. Toute maladie marche, vole, se meut, et se répand sous la figure d'animalcules. *La mort elle-même est vivante.* Elle est une fourmilière de vers (en hébreu, *vermillière*). Les épidémies volent par des atomes vivants, par des infusoires qui vivent. Une gangrène au pied rampe vers le cœur et le tue. De même un pays non cultivé, abandonné, au fond de l'Égypte, produit la peste et l'envoie avec le vent, dans les habits d'un homme, à Paris. La peste vient des Indes, où les hommes, non cultivés par la pensée, ne cultivent pas la terre. Partout où règnent la tyrannie, l'esclavage et le fanatisme, la terre maltraitée produit d'horribles maladies qui dévorent l'humanité. Partout où l'homme ne laboure pas son corps par la raison, la santé lui manque. *Les fanatiques sont sales dans tous les pays,* et sans la santé, pas de bonheur. La raison est aussi indispensable à la santé universelle que la circulation du sang et la veine cave aux artères des jambes et des bras. *Cette circulation exige une liberté entière, le moindre obstacle donne la mort; de même, il faut pour la santé que la circulation de la raison soit universelle.* Si toute l'Europe vivait selon les lois de la raison, lois visibles dans l'homme, et qu'il n'y eût qu'un seul pays en Abyssinie vivant contrairement à ces lois, ce pays, par les désordres et les maladies qu'il engendrerait, compromettrait en peu de temps la santé de toute l'Europe; il la tuerait! De même un rhumatisme à l'orteil peut compromettre en peu de temps la santé et la gaieté du corps humain tout entier. Je le répète, car on ne saurait assez le répéter, les lois de l'homme pour sa santé individuelle, lois de justice, de raison, de proposition et de solidarité, sont les mêmes pour le corps de l'humanité tout entière.

III

La nature de l'homme est aussi saine que merveilleuse.
Elle est l'œuvre d'un Créateur juste et merveilleux. Elle
est créée pour le bonheur de l'homme, mais ce bonheur,
dépend de la connaissance de sa propre loi. Supposons
un homme bien constitué, comme j'en ai connu, vivant
d'après sa loi. Supposons un million, trois cents millions
de ces hommes, chacun travaillant selon ses forces, ni
plus ni moins, tous connaissant leur loi. Ils cultivent la
terre et en font un Éden. Ils ne mangent qu'à leur faim,
ils ne boivent qu'à leur soif. Ils ne s'accouplent que
pour enfanter. C'est un rêve, mais supposons-le réel.
L'homme s'habitue à tous les climats. Rien ne résiste à
son travail. Il domine le ciel et la mer. Tous les animaux deviennent ses serviteurs et ses amis. Les animaux
malfaisants sont la vermine de la terre malpropre,
qu'une culture saine et propre ferait partout disparaître.
Il n'y aurait nulle part la moindre maladie. L'homme
vivrait sain, gai et heureux jusqu'à l'âge de cent ans et

bien au delà. La mort n'est pas un mal, c'est une transformation. Pour redevenir jeune, il n'y a que la mort;
pour vivre, il n'y a pas d'autre moyen que de vieillir.
Cela rentre dans les lois inséparables de la nature, qui
toutes sont bienfaisantes. Si personne ne mourait, il
faudrait cent globes pour contenir les humains, et, à la
fin, ils crouleraient tous (1).

*La maladie ne vient pas de la nature, elle n'y est
même pas. Elle n'est que la violation d'une des lois de la
nature.* Dès qu'une de ces lois est violée, la douleur
arrive et vous dit qu'une loi vient d'être enfreinte. S'il
est temps encore, le mal peut être amoindri, expulsé,
chassé. Le médecin peut être utile pour rechercher laquelle des lois organiques a été lésée, et pour indiquer
les moyens d'y rentrer, sinon la maladie inévitable amène
douleurs, souffrances, supplices et mort, y eût-il tous
les médecins du monde.

*La maladie n'est donc que le résultat de la violation
d'une loi naturelle.*

*De même, le mal n'est qu'une violation de la loi de
justice.*

Les deux maux, les deux maladies ne viennent pas du

(1) Le créateur, quel qu'il soit, n'aurait pas pu créer l'homme
immortel, comme je l'ai prouvé dans ma *Parole nouvelle*. (*Note du
traducteur.*)

Créateur. Ils sont la création de l'homme, violant, soit une loi physique, soit une loi morale.

Il faut répéter cette vérité, qui seule contribuera à la santé et au bonheur. De même qu'une violation légère provoquant une douleur dans l'extrémité du corps réagit sur le corps entier, de même la violation de la justice aux Indes réagit par un mal certain sur le corps de l'humanité à Paris, à Francfort et à Vienne.

J'ai dit : la maladie n'est pas dans la nature; elle est toujours la suite d'une violation de la loi de la nature.

Aucun médecin, sauf Maimonide, n'a jamais constaté cela.

La médecine empirique constate la maladie et cherche à la combattre par des remèdes. Sottise! Puérilité! Si la loi violée pouvait être guérie, à quoi bon la loi? *Si la nature avait créé des remèdes, afin que l'on pût impunément violer ses lois, elle ressemblerait à un juge condamnant un voleur à six mois de prison, et réduisant, séance tenante, les six mois en six heures.*

La nature n'existerait plus.

Pour que la terre et l'homme vivent, il faut que la loi, en vertu de laquelle ils sont, ne puisse jamais être violée impunément; autrement, tout croulerait.

La nature ne saurait pardonner. La guérison d'un

3

*mal résultant de la violation d'une loi de santé n'est
possible qu'avec la possibilité de rétablir la loi.*

Il faut des poumons pour respirer; il faut le nombre
de lobes, tant à droite et tant à gauche. Il faut qu'il n'y
ait pas la moindre lésion dans ces organes poreux. Qu'un
de ces lobes vienne à manquer, il se peut que la nature,
conformément à sa loi, le fasse repousser, comme elle
fait repousser un morceau de chair coupé et même un
os. Mais il n'y a pas de médecin, ni d'herbe, ni de drogue pour le faire repousser. Tout ce qu'un médecin consciencieux peut faire, c'est, la maladie une fois constatée,
d'empêcher le malade de prendre des drogues qui em-
pêcheront ses poumons de repousser. Il se peut encore
qu'un homme vive tant bien que mal avec un poumon
de moins; mais il ne doit rien à la médecine, ni au médecin, sinon de mourir tranquillement.

Qu'est-ce donc que le médecin?

*Un des plus grands fléaux, à moins qu'il ne soit un
des plus grands sages!*

Mais les maladies existent. Hélas! oui. Elles égalent
le nombre des erreurs et des sottises humaines. Autant
dire qu'elles s'appellent *légions*. La plupart des hommes
vivent comme des sots. Il y a toujours eu un certain
nombre de sages qui ont reconnu et proclamé les véri-
tés. On les a mis à mort. Ils se sont tus. Nombre de

médecins ont été de grands philosophes. Il n'y a pas longtemps qu'il leur est permis de dire la vérité. Mais, même de nos jours, la médecine vit de mensonges et d'erreurs. C'est qu'elle en vit. Le médecin ne devrait jamais être payé par le malade. C'est le premier fonctionnaire. On n'est pas un bon médecin du corps à moins d'avoir étudié toutes les lois de l'âme et de la nature. Quand on a étudié et reconnu ces lois, on s'assagit et l'on devient digne de conduire les hommes dans les voies de la santé, de la vérité et de la vertu ; autant dire dans la voie du bonheur !

Si les hommes eussent toujours vécu en paix, cultivant la terre, ne permettant pas à un des leurs de vivre sans travailler (ce qui n'eût pu avoir lieu que par l'abolition de l'héritage), ne permettant également à personne de travailler au-dessus de ses forces, soignant l'enfance et lui donnant l'instruction nécessaire, soignant la vieillesse et lui assurant de l'air, de l'abri et le plaisir compatible avec l'âge, y aurait-il jamais une maladie ? Question débattue entre moi et le docteur Bœmer dans la loge franc-maçonnique. Le tiers des enfants ne seraient-ils pas morts comme le fruit avorté ? Les femmes ne seraient-elles pas mortes en couches ? Les maladies inséparables de la croissance de l'homme n'eussent-elles pas existé ?

Qu'importe! accordons qu'un certain nombre d'enfants mourraient toujours. Il y en aurait mille fois plus, pour cultiver la terre partout. L'homme serait toujours mortel, soit; mais je maintiens qu'il n'y aurait qu'un certain nombre de maladies attachées à la croissance de l'homme, nécessaires au développement du corps, contre lesquelles la médecine serait superflue. Qu'on se figure l'humanité sans guerre ni peste, sans grandes villes où les hommes vivent comme les harengs dans une caque, sans landes, ni déserts, ni jonchaies où pullulent les reptiles et les tigres. Il y aurait toujours, me dit-on, des tempêtes, des naufrages, des incendies, des désastres. Qu'en sait-on! Savez-vous si les vents, venant des pôles en traversant des terrains bien cultivés, produiraient les mêmes effets! Les volcans sont-ils les cheminées de la terre ou des éruptions maladives! Et puis que d'argent dépensé en pure perte pour la guerre! Peu de bâtiments de guerre font naufrage. Où donc la société prend-elle cure de l'individu, de l'enfant, de la femme, du vieillard? Tout n'y est-il pas au plus indigne, au plus intrigant, au plus fort! On dit que c'est le hasard. « Le hasard, a dit Pascal, est l'effet visible d'une cause invisible. » La cause, hélas, n'est nullement invisible. Le monde est gouverné par l'injustice, la sottise, la passion brutale, l'excès en tout. Et vous voulez que ces injustices, ces folies et ces indignités enfantent la santé, la paix, la longue vie et le bonheur! Autant exiger d'un serpent de produire mon petit chien que j'adore! ou semer des orties pour cueillir des roses. (*Béhémoth, Béhémoth. Hakel Béhémoth*). Brutes, tous brutes!!!

Les guerres tuent ou ne tuent pas. Les pestes terrassent l'homme ou le laissent debout. Les maladies de l'enfance passent comme un ouragan, brisant l'arbrisseau ou lui permettant de se relever. Ce ne sont pas là les plus grands maux de la vie humaine. Là n'est pas la cause de nos mille et mille maladies, qui non seulement abrègent la vie, mais la remplissent d'amertume et tarissent en elle la source de la volonté. Les causes premières de toutes nos maladies sont :

1° *Les excès de l'amour*.

2° *La corruption de la voie de la vie par la débauche d'amour*.

3° *L'ignorance de la loi stricte qui régit l'acte de l'accouplement*.

Presque toute la vie de l'homme est dans l'amour. Le reste n'est qu'accessoire. Dans l'amour aussi surgissent tous les plaisirs, toutes les voluptés, tous les bonheurs, mais aussi tous les dangers, tous les maux, toutes les maladies, tous les malheurs, toutes les morts.

3.

Étudions donc les lois de l'amour. Quiconque les ignore, ignore tout; quiconque les viole, est voué au malheur, eût-il toutes les autres vertus; c'est pourquoi j'essaye de décrire les *lois ou les mystères de l'amour.*

IV

Qu'un homme viole les lois de l'hygiène par rapport à l'air, ou il sera asphyxié en quelques minutes, ou il reviendra à la santé en rentrant dans sa loi; que les suites de la maladie soient plus ou moins graves, il ne la transmettra pas à ses parents.

Qu'il fasse des excès de table ou de travail, il peut en mourir. Mais, pour l'excès de travail le repos suffit, pour l'indigestion, la diète. Il n'a besoin de médecin que pour rentrer dans la loi ordinaire. La maladie ne laissera pas de traces.

Certaines fièvres peuvent ravager le corps, mais ces fièvres elles-mêmes sont déjà le résultat de la corruption de la nature par la violation des lois d'amour. Certes, un poitrinaire transmet sa maladie à ses enfants; de même un fou ou un épileptique. Mais la lésion des poumons, des cellules du cerveau et des artères est une suite elle-même des premières violations des lois d'amour. Si demain tous les humains suivaient les lois que la

nature a indiquées à tous les hommes de bon sens, et
les maladies héréditaires disparues, soit par la mort, soit
par le croisement, en très peu de temps, il n'y aurait
presque plus d'autres maladies que des cas aigus, provoqués soit par des imprudences, soit par les intempéries,
maladies qui enlèvent bien l'individu, mais qui n'ont
pas d'influence sensible sur les générations futures.

Seule la violation de la loi d'amour, non seulement
n'admet pas la guérison, — les remèdes sont pires que
le mal, — mais elle corrompt le sang, la voie de la vie
jusqu'à la quatrième et parfois jusqu'à la dixième
génération.

*Elle abrège toujours et sans rémission la vie du
malade, qu'il soit guéri ou non.*

*Elle débilite toujours et inexorablement, non seule-
ment la force spirituelle, mais encore la force généra-
trice.*

*Elle assombrit le caractère, elle produit des crimes
et des suicides.*

Elle est la cause de toutes les perturbations sociales.

La Bible lui attribue le déluge. Ce n'est pas de trop.
En tout cas, elle est la seule cause de l'esclavage, de la
tyrannie, de l'avilissement moral et physique.

La sauvagerie, la barbarie, toutes les iniquités sont
les conséquences de la corruption des voies de la chair

par les accouplements. Je vais plus loin : l'athéisme, qui
est la cécité de la raison, comme la cécité matérielle est
l'athéisme de la vue, l'athéisme, dis-je, est un avorton
des débauches d'amour. Un peuple vivant selon les lois
de la nature ne produit pas d'athées. Que cent hommes
essayent seulement de s'approcher exclusivement de
leurs femmes pendant leurs menstrues, ils verront avec
stupéfaction, bien que la chose soit toute naturelle, qu'ils
n'ont engendré que des enfants scélérats, enclins à tous
les vices, incapables d'une vertu. (ממזר בנידה) *Mamser*
Benidah, comme la *Kabbale,* les appelle à juste titre
(enfants de sang impur).

Quoi d'étonnant ! La loi de l'homme est la loi de Dieu.
L'homme est l'incarnation de la pensée divine. Cette
pensée a ses lois strictes, mathématiques, inexorables.
Ne pas y croire, c'est nier que deux et deux fassent
quatre. D'ailleurs l'expérience vient à l'appui de la
théorie. Ce que les sages ont proclamé est le résultat de
plusieurs milliers d'années d'expérience.

Il est vrai que le génie sent la vérité d'intuition ; mais
au génie même, il faut la preuve souvent répétée de l'histoire. L'histoire, c'est l'étude de la loi de la nature
prouvée par des faits.

V

Qu'ils sont petits et myopes, les humains qui se plaignent de ces maladies qui, comme des glaives vengeurs, gardent les portes du céleste paradis ! L'éternelle et sublime intelligence qui a présidé à la nature dans sa bonté a voulu que toute fonction de la vie fût un plaisir et un bonheur pour l'homme. Il a posé des limites à chacun de ces plaisirs. Cette limite dépassée ou violée, le plaisir devient une peine. La voix de la nature méconnue, la peine devient maladie, et si l'homme ne rentre pas dans la loi par l'extrême contraire (pour redresser un bâton courbé, il faut le recourber dans le sens contraire), il meurt.

Le siège de la vie elle-même est dans l'amour. Si la moindre manifestation de la vie est limitée, entourée d'une haie, d'une ligne de démarcation qui par la douleur crie à l'homme : jusque-là et pas plus loin ;

combien de limites, combien de haies, combien de lignes sacrées ne faut-il pas à la fonction qui, foyer et centre de la vie, seule la donne, la propage et la conserve. Sans ces maladies incurables *qui ont toujours existé depuis la création de l'homme et qui existeront toujours,* il y a longtemps que l'homme aurait disparu de la terre et la terre elle-même. Si une seule maladie d'amour pouvait être guérie, si elle ne laissait pas de traces indélébiles, soit dans les procréateurs, soit dans la progéniture, les hommes et les femmes, n'ayant en vue que la jouissance et que le plaisir, corrompraient en peu de temps la voie de la chair de toute la nature et appelleraient littéralement un nouveau cataclysme universel.

DE TOUS LES ÊTRES QUI EXISTENT LA FEMME SEULE PEUT TOUJOURS ET A TOUTE HEURE SE LIVRER A L'AMOUR. Nulle femelle, sauf la femme, n'a ce privilège. Les animaux, les plantes et les minéraux ont leur saison de rut, de chaleur et de sécrétion seminale. Quand la femelle a conçu, le mâle ne peut plus s'approcher d'elle. L'homme seul n'a pas de saison d'amour. Le Créateur lui a donné la femme, non seulement pour réjouir sa vue et son cœur, mais pour lui être un sujet de bonheur, *n'importe à quel jour et à quelle heure!* Si ce bonheur n'était pas limité d'abord par les forces restreintes de l'homme, puis par les maladies provoquées par l'excès et le désordre, en très peu de temps, la femme ne serait plus pour l'homme qu'un instrument de plaisir, instrument qui rendrait les hommes impuissants et idiots. L'homme épuisé, la femme aurait recours à des vices particuliers qui la tueraient. Nulle femme ne se soumettrait plus aux douleurs de l'enfantement. En moins de cinquante ans, toutes les femmes seraient stériles, car le mensonge du plaisir érotique stérilise la femme en peu de temps, et, de plus, l'accable de maladies rongeuses. L'homme à son tour, corrompant sa voie, tomberait dans la sodomie. Dès que la femme, violant la voie naturelle, tend à faire l'homme, l'homme recherche les vices passifs de la femme. Cet état de choses rendrait l'humanité, impuissante à tout travail en moins d'un siècle. Car la nature a indissolublement lié ensemble le pouvoir de l'amour et les facultés de l'esprit. Non seulement les deux pouvoirs ont la même source, mais ils se complètent l'un l'autre, ils se modèrent, s'agrandissent et diminuent ensemble. Avec l'excès de l'amour, l'homme se crétinise et s'idiotise. Non seulement les enfants nés d'une société pareille, sont inférieurs en santé, en esprit et en force, — comme les Indiens quand Colomb les a découverts et qui vivaient en pleine promiscuité — mais les pères et mères eux-mêmes, croupissant dans l'inactivité forcée,

sont vieux à quarante ans, et meurent arrivés à peine à
la moitié de la durée ordinaire de la vie. En moins d'un
siècle la terre ne serait plus cultivée. Elle s'ensauvage-
rait, elle se couvrirait de forêts, de joncs et de landes où
des reptiles et des animaux de proie se livreraient des
batailles non interrompues. Les pluies et les fleuves
l'inonderaient comme au temps du déluge. Deux tiers
des humains auraient bien vite disparu. Il ne faudrait
pas deux siècles pour voir s'éteindre toute la race
humaine existante, comme il est certain qu'elle a déjà
disparu, une fois dans le déluge, une autre fois dans
l'Amérique.

L'Amérique, quand elle a été découverte, allait disparaître sous les maladies provoquées par les violations
des lois d'amour. La syphilis (car elle a toujours existé
sous d'autres noms) a ravagé l'Amérique. Tous les
Indiens étaient frappés de ce mal ; ces beaux, ces
grands hommes à l'apparence n'avaient plus que des
cervelles, que des énergies d'enfant. Ils se rappelaient
vaguement un état plus viril de leurs aïeux. Ils n'a-
vaient plus de volonté ; leurs terres n'étaient pas culti-
vées, elles étaient couvertes d'ajoncs, de forêts, de
marais peuplés d'animaux malfaisants. Nulle industrie.
Un seul Européen en chassait mille devant soi comme
autant de gazelles.

Il en fut toujours de même dans tous les pays où les lois de l'amour furent violées. Tels furent les peuples de la Palestine qui pratiquèrent la sodomie, la lesbiennerie et l'inceste. Tels furent tous les peuples de l'Orient, qui furent vaincus par les Romains avant l'époque césarienne.

————————

VI

Loin de nous plaindre des maladies qui suivent iné-
vitablement les lois de l'amour violées, bénissons-les.
Sans elles, il y a longtemps que l'univers entier aurait
disparu. Car c'est l'homme qui domine la création par
sa raison. Il fait vivre la terre en l'embellissant par son
travail. De même sa déraison détruit tout. L'existence
de toutes les planètes est liée à la raison et partant à
l'amour de l'homme. Quand l'amour humain se corrompt, le soleil, les planètes, tous les satellites, tout enfin
sort de sa voie et dévie de son orbite. Tout dans l'univers se tient. Tout y est tracé par le grand géomètre.
Seulement, en donnant la liberté à l'homme, il lui a
donné le pouvoir divin de coopérer soit au bonheur,
soit au malheur de la création. Si la terre s'ensauva-
geait, elle réagirait par ses mouvements désordonnés sur
toutes les planètes et les ferait dévier. *Heureusement,
l'homme, malgré sa liberté, est limité dans le mal par
des douleurs et des peines. Il ne peut pas, sous peine de*

maladie et de mort, pousser ses dérèglements jusqu'au delà de certaines limites. Il a beau, par ses vices, secouer la création et se révolter, cette secousse le renverse, lui tout le premier. De même pour la vertu. Arrivé à certaines frontières spirituelles, il faut qu'il rebrousse chemin vers la vie et l'amour. Les deux extrêmes produisent les mêmes maux. Il n'en est pas moins vrai que l'homme, par sa liberté et sa raison, tient dans son pouvoir la beauté ou la laideur de la création. Le mortel qui a dit : « L'Univers entier repose sur la raison », a dit une grande vérité !

VII

Toutes les fonctions du corps humain, sauf l'enfantement, sont autant de plaisirs. Dès que la douleur surgit,
la nature est violée. La douleur est d'origine humaine.
Un corps malade ou a violé les lois de la nature, ou
bien souffre de la violation de la loi d'un de ses semblables. La douleur par elle-même est donc le meilleur
diagnostic pour le médecin.

La majeure partie des fonctions commencent et finis-
sent avec la vie. Dès la naissance, le corps jouit. Vivre,
c'est jouir. Tout mouvement naturel est une joie. Deux
fonctions seulement, les deux plus grandes voluptés de
la nature, voluptés tout à fait divines, ne surgissent
dans le corps qu'avec un certain âge, et disparaissent
quelque temps avant la mort. *Ce sont les mouvements
de la raison et de l'amour.*

... Ils ne se manifestent qu'à l'âge de la puberté, âge
que presque toutes les religions ont appelé *initiation* ou
confirmation; le Talmud l'appelle *l'âge du devoir.*

En effet, les jeux de la raison et de l'amour, les deux passions dominantes de l'humanité, sont non seulement synchroniques, mais identiques. Ils jaillissent de la même source, ils se complètent et se contre-balancent, ils se conservent ou se détruisent simultanément.

Tous deux mal réglés ou poussés à l'excès produisent les maux les plus violents. Il faut que la raison soit éclairée par une nourriture substantielle, qu'elle s'assimile comme autant d'aliments dont elle sécrète les erreurs et les résidus.

Il faut que les forces érotiques de l'adolescence pompent, pour se développer, tous les sucs du corps, sans en gaspiller un atome. C'est l'époque de la croissance, du pouvoir de la raison et de l'amour. Il faut que, sans contrainte et sans violence, la nature jette elle-même sa gourme spirituelle et corporelle. Qu'à l'âge créateur et productif elle entre en fonctions, rien de mieux ! L'arbre a ses racines, le monument a ses fondements, la raison a sa solidité, l'amour sa sève. Ce qu'un homme sain, bien cultivé d'esprit et de corps peut faire, on ne s'en doute pas ! Les forces de la raison et de l'amour, non seulement se développent ensemble, mais elles ont les mêmes sources, les mêmes maladies, elles agissent et réagissent continuellement les unes sur les autres.

La force spermatique descend par la colonne vertébrale du cerveau dans les *Kollioth* (קליות) (le mot est pur hébreu) ; il en est de même de l'*Ervah* (ערוה) et de la *Bouschah* (בושה). (Ervah veut dire nudité, Bou-schah, siège de la pudeur.) Chez l'homme, la colonne s'arrête aux kollioth ; chez la femme elle se recourbe et entre dans l'Ervah. Plus un homme a de force cérébrale, plus il a de force séminale. Plus une femme a d'intelligence, mieux elle est faite pour être épouse et mère.

Les crétins, les idiots n'engendrent guère. Une femme vicieuse par la conformation de l'Ervah l'est également dans son esprit.

VIII

Il n'est pas vrai, comme l'ont dit certains Béhémoth de médecins, que la femme ne donne rien pour la formation de l'enfant, qu'elle n'est qu'un moule réceptif plus ou moins bien formé. Elle contribue à la génération par son sang et sa sève, en moins grande quantité que l'homme, mais en quantité indispensable, et ce qu'elle donne vient de la même source que ce que donne l'homme : du CERVEAU !

Cette action du cerveau sur la génération est double. L'excès de travail du cerveau peut débiliter les forces destinées à l'amour. De même les excès érotiques, la trop grande sécrétion provoquée par les organes de l'amour peuvent tarir la source des sucs cérébraux. De là la connexion intime de la folie avec l'amour. Chez l'homme, la débilitation du cerveau paralyse les fonctions spermatiques et nerveuses, de même le gaspillement de la sève spermatique affaiblit de sécheresse les fonctions du cerveau. Chez la femme, le dérangement du cerveau provoque l'hystérie ou le dégoût absolu de l'amour, deux maladies identiques. L'hystérie est un désir perpétuel, mais fallacieux, c'est la folie de l'Ervah. Elle existe également chez l'homme.

Plus un homme a d'imagination, de sève cérébrale, plus il est passionné pour l'amour. Tel être porté aux excès d'amour, mais sans instruction, eût été un homme remarquable si, pendant la jeunesse, il eût nourri sa raison comme il a nourri son corps.

C'est pourquoi Moïse interdit la prêtrise à tout homme qui n'est pas bien conformé pour l'amour. Les forces de l'amour viennent du cerveau, et le cerveau plein vient d'un père et d'une mère sains et forts. Même phénomène chez la femme. Toute femme sotte est mal conformée par le cerveau et par l'Ervah. Mais en dehors de la quantité des sucs, il y a la qualité. Telle sécrétion abondante manque de fécondité, corrompue qu'elle est soit par les géniteurs, soit par des excès, soit par les maladies des organes sécréteurs.

IX

Qu'on n'aille pas déduire de cette connexion intime entre le cerveau et les organes générateurs que tout chez l'homme est matière, comme l'ont essayé de prouver quelques sceptiques plus bornés que coupables. Il est certain que, pour ouïr, il faut des oreilles. Le Créateur a donné à toute chose les organes voulus pour son existence. Un homme sans yeux n'y verrait jamais. De même le cerveau. Un mortel sans cerveau bien organisé ne sera jamais ni un Galilée, ni un Newton, ni un Spinoza, ni un Voltaire. Mais celui qui a donné la raison en a en même temps créé les organes pour la contenir. De même le créateur du soleil a donné la rétine et le cristallin à l'œil pour en sentir les bienfaits Il n'y a pas pour la force créatrice une plus grande impossibilité à créer le soleil qu'un œil humain. Seulement le Créateur ne procède que par des lois strictes. En vertu de cette loi, nul ne verra sans yeux, nul n'entendra sans la machine merveilleuse que l'on appelle oreille. De même nul n'aura de raison, de discernement, ni de jugement sans cerveau, lequel cerveau sera conformé de telle ou telle manière, selon les facultés plus ou moins développées qu'il aura, absolument comme l'œil, qui, d'après sa conformation, pénètre, ou plus loin, ou plus avant de près dans les corps soumis à ses fonctions. Ainsi de la jouissance d'amour, car toute fonction, tout mouvement d'organe est un plaisir. Un tel est bâti et par le cerveau et par les organes d'amour à donner ou à recevoir plus de bonheur, soit par les forces quantitatives, soit par une organisation plus délicate, plus nerveuse, plus mouvementée, mais tous à l'état de raison et de santé ont par la loi de la nature de quoi remplir leurs fonctions d'homme et de femme, pourvu qu'ils ne corrompent pas les organes par des plaisirs précoces ou par des excès. La liqueur a beau être précieuse : si le vase est fêlé ou corrompu, elle se perd et s'évapore. L'homme a beau par la pensée se sentir immortel, si le corps créé à cet usage par le même créateur se fêle ou se corrompt, la pensée elle-même s'évapore et fuit. Telle est la loi du Créateur ayant créé la liqueur et le vase et qui ne donne pas l'un sans l'autre.

X

Dans l'antiquité, certains peuples ignorant les lois de Dieu, mais sentant l'intime connexion entre l'amour et la raison, ont voué une espèce de culte aux organes gé-niteurs. C'est prendre la hache pour le bûcheron, ou l'effet pour la cause. L'homme partage les plaisirs de l'amour avec tous les animaux. Il ne leur est supérieur que par la raison. Il est vrai que, par la même supério-rité de la raison, l'amour humain l'emporte de beau-coup sur l'amour bestial. Outre que nul humain ne saurait aimer sans sentiment, son amour n'est pas borné par des saisons et des incompatibilités physiques. *Nulle femelle n'a de menstrues comme la femme. C'est par les menstrues que la femme est apte à sacrifier toujours sur l'autel de l'amour.* Mais l'amour n'est pas la cause, il n'est que l'effet. Il n'est pas le but de la vie, il n'en est que le moyen. La raison s'égale à Dieu, son créateur. Par l'amour cette raison se perpétue, non par soi-même, mais en vertu de la loi de son créateur. L'amour, c'est la voie; la raison, c'est la lumière. Il n'en est pas moins vrai que toute raison est amour et que toutes les fonctions de l'homme pivotent autour de l'amour qui est le premier jaillissement de la raison. Tous les mystères des grecs reposent sur cette liaison intime.

Rebenou Hakadosch, un kabbaliste, l'a bien prouvé dans son chapitre sur l'amour dont une copie m'a été communiquée en manuscrit. Seulement les idolâtres et les athées ont toujours pris et prennent encore les effets pour la cause. L'homme ne pense pas, ne raisonne pas pour aimer, il aime pour penser, pour raisonner, le tout pour glorifier son créateur, dont il est une partie essentielle.

Oui, l'amour est la fonction capitale, et par conséquent le plus grand bonheur de l'homme. Comme le sentiment de l'amour traverse le corps entier d'une extrémité à l'autre, il met tous les muscles, toutes les fibres en mouvement. On peut manger et boire sans faire vibrer une fibre du cerveau, mais nul n'aimera une minute sans ébranler les cellules cérébrales d'où il se dégagera une commotion, un cri, une parole, un retentissement dans le cœur et dont les coups se font sentir jusque dans l'extrémité du pied. De là vient que toutes les conversations, même les plus abstraites, retombent toujours sur l'amour. De là vient encore le mysticisme que

5

les Illuminés ont mêlé dans la communion des chairs. De
là enfin la chimère de priver l'homme de l'amour char-
nel pour vouer sa raison tout entière à l'amour divin,
sous prétexte que l'amour, en débilitant la raison, gas-
pille les forces de l'homme et les détourne de l'amour
de Dieu. Si cela était, si le Créateur eût jamais exigé
cet amour cérébral exclusif, il n'aurait pas créé l'homme
avec des organes de génération. Il est vrai que, dans sa
loi, cela lui eût été impossible. Il n'est pas probable
qu'il y ait une autre loi en vertu de laquelle l'homme
se perpétuerait comme race. Les lois de la nature seules
sont divines. Elles ne peuvent jamais être violées. Tout
en dehors d'elles est pure folie et grand blasphème. Les
créateurs du célibat, il est vrai, ont eu peur des·excès
de l'amour sexuel, lesquels excès produisent l'idiotisme
et le ramollissement. En cela, ils ont eu raison. Mais
comme ils ne peuvent pas empêcher la nature de fonc-
tionner et qu'il faut, même sans femme, que les organes
de l'amour fonctionnent pour bien se porter, le célibat
viole la nature. La nature ne veut pas qu'un prêtre vive
dans l'excès comme tant d'hommes profanes, elle veut
*que tout homme vive avec une femme comme un prêtre,
et toute femme avec son mari comme une prêtresse.*

Elle veut que nul humain, qui est l'être le plus parfait, le plus semblable à Dieu, n'aime sans glorifier celui

qui, dans sa suprême bonté, lui a donné ce pouvoir divin.

C'est pourquoi les rabbins ont ordonné que l'époux et l'épouse, en s'unissant, bénissent Dieu et l'amour (1). Quiconque aime autrement, quiconque ne voit dans l'amour qu'un plaisir matériel, qu'une débauche, payera cette erreur, soit par d'atroces douleurs, soit par une mort prématurée, soit par une progéniture futile, maladive et bestiale. La nature n'a pas besoin que l'homme la réglemente. Elle ne laisse jamais impunie la moindre de ses violations.

(1) Voici la formule : Béni sois-tu, ô Dieu, notre Père au ciel d'avoir créé l'amour.

IX

Sitôt que la croissance de l'homme est faite, il doit s'unir à la femme pour engendrer. C'est la vie, c'est la santé, c'est l'unique bonheur. Quelques médecins ont prétendu que l'homme seul, de sa semence, crée l'enfant, que la femme est tout à fait réceptivité dans l'acte de la génération. C'est une erreur capitale.

Pendant la *Biah* (acte d'amour) l'homme sécrète un fluide séminal qui est blanchâtre, floconneux et albumineux. La femme à son tour sécrète, mais en moins grande quantité, un fluide séminal qui est rougeâtre, plus huileux que le sang de l'Ervah. Elle ne conçoit absolument pas sans que ces deux fluides s'attirent, s'absorbent, s'assimilent et se marient. Rien ne doit jamais toucher l'ovaire. Les attouchements directs par la copulation à l'ovaire, menacent la santé et la vie de la femme. Le Talmud ordonne le divorce dès qu'une femme par la *Biah* a vu du sang autre que celui des menstrues. C'est en effet alors que la conformation de l'homme est contraire à la santé de l'*Ervah*. Ils ne peuvent se marier qu'en se blessant, et à la longue il y a hémorrhagie et mort.

La loi de la nature veut que le fluide de l'homme soit lancé comme une flèche (יורה כחץ). Dans cette force est la vigueur de l'homme et la santé de l'enfant. Par ce jet attractif, le fluide masculin pénètre le fluide féminin, ET C'EST SELON LA PRÉDOMINANCE DE L'UN OU DE L'AUTRE QUE L'ENFANT SERA UN MALE OU UNE FEMELLE. La nature a voulu, et sa loi est universelle, car elle se retrouve dans les animaux, dans les plantes et dans les minéraux qui, eux aussi, ont leur sexe, la loi, dis-je, a voulu QUE LE MALE CONTÎNT EN SOI LE GERME DE LA FEMELLE ET LA FEMELLE CELUI DU MALE. C'est pourquoi le germe de l'homme est blanc, laiteux, et c'est pourquoi le germe de la femme est foncé, rougeâtre. Dans le corps même, l'homme a les signes des seins de la femme sur la poitrine, la femme a le signe de l'homme dans l'Ervah. SI LE MALE ENSEMENCE LE PREMIER, IL ENGENDRE UNE FEMELLE, SI C'EST LA FEMELLE, CE SERA UN MALE. (איש מזריע תחילה יולד זכר אישה מזריע תחילה יולדה נקבה)

C'est là le mystère de la génération, mais pas si mystérieuse que l'homme, à un certain âge, ne puisse la diriger. Le Talmud indique formellement les moyens pour avoir tantôt des garçons, tantôt des filles à volonté.

5.

Pour avoir des garçons, dit-il, il faut attendre que la
femme désire ardemment son mari, comme Liah a dé-
siré Jacob. Le moment de séparation forcée par les
menstrues, immédiatement après, est le plus favorable.
il faut ne pas céder tout de suite aux désirs de la femme
et ne céder qu'au dernier moment de l'exaltation de
l'Ervah, qui est sensible, ou bien doubler la Biah sur
le désir de la femme. Pour avoir une fille, il faut au
contraire que l'homme désirant violemment sa femme
la surprenne pour ainsi dire et l'aime à l'improviste,
ou bien qu'il ne récidive jamais. Traiter ces moyens de
fables ou de fantaisies talmudistes et kabbalistiques,
c'est méconnaître la science profonde que les rabbins
ont eue de la femme et de la génération. Il n'existe pas
de médecin qui ait publié, comme le Talmud, un traité
aussi profond, aussi étendu et aussi clair sur les menstrues et les maladies de l'Ervah (1).

(1) J'ai parlé à plusieurs médecins de ce chapitre. Ils l'ont traité
de fantaisie. Mais voici l'Académie de médecine qui, dans un rapport qu'on lui a fait sur l'art de produire des mâles et des femelles
dans la race bovine et chevaline, vient à l'appui du Talmud. Les
principes énoncés dans ce rapport sont absolument conformes à
ceux que le docteur Goldschmid cite en appelant le Talmud à
son secours. Sur soixante expériences qu'un propriétaire suisse a
établies, cinquante-cinq ont constaté le fait que voici : Pour avoir
un mâle, il faut laisser entrer la mère en chaleur pendant trois
jours. Pendant ce temps, la femelle sécrète une espèce de glaire
qui annonce son désir de copulation. Si on attend le dernier

D'ailleurs, s'il est vrai, comme le prétendent des médecins, que la femme ne soit qu'une conceptivité passive, pourquoi jamais médecin n'a-t-il trouvé dans les valves de l'Ervah la cause de la stérilité, à moins que pour des cas de débauche o de maladie extérieure? Mon professeur à l'Université, qui a anatomisé nombre de femmes saines et stériles, m'a avoué qu'il n'a jamais pu trouver le siège de la stérilité. Il a fini par accepter et enseigner la version du Talmud, savoir : que la muqueuse de l'Ervah sécrète un fluide séminal, et que la stérilité, quatre-vingt-dix fois sur cent, vient, soit de l'absence de ce suintement, soit de l'insensibilité ou du

moment avant de la faire saillir, elle enfante neuf fois sur dix un mâle. Si, au contraire, on hât l'accouplement dès le premier jour, le produit de la copulation est presque toujours une femelle.

Cela viendrait à l'appui du Talmud pour les germes contenus dans chaque sexe. Le germe masculin dominant engendrant la femelle, le germe féminin prédominant enfantant un mâle.

J'ajoute que Meyerbeer m'a raconté que, dinant un jour à la table de Louis-Philippe, le roi, au dessert, lui demanda s'il avait des enfants. « Oui, sire, répondit le maître, je regrette seulement de n'avoir que des filles. — Comment! s'écria le roi, vous qui êtes juif, vous ignorez l'art d'avoir des garçons. Pendant mon exil en Suisse, j'ai fait la connaissance d'un rabbin qui m'a donné des leçons d'allemand. Mais ce qu'il m'a appris de mieux, c'est de me marier de bonne heure et d'avoir des garçons et des filles à ma volonté. Là-dessus, le roi communiqua son secret au musicien, secret tout à fait conforme au Talmud. Je vous certifie, ajouta le roi, que l'expérience a tout à fait justifié cette théorie. D'avance j'ai annoncé à mes parents et connaissances, soit mon garçon, soit ma fille. »

relâchement des fibres qui ne frissonnent pas à l'arrivée du fluide masculin. Cela ne se voit pas, car la sécrétion n'a et ne peut avoir lieu que dans le moment de la *Biah*. C'est ce qui a fait dire à quelques rabbins *que jamais vierge ne conçoit de la première Biah* (אין אישה מתעברת בביאה ראשנה). Cet axiome a été révoqué en doute par d'autres rabbins médecins; mais à la fin, il a été adopté comme article de foi. La vierge, en effet, soit par la déchirure de l'hymen, soit par l'effarouchement de la pudeur, ne sécrète pas dans la première Biah. Il est rare qu'une femme violée conçoive. Une nouvelle mariée peut concevoir dans la première nuit de noce, mais non de la première Biah. C'est pourquoi les rabbins ordonnent au marié de se séparer de sa femme dès la première Biah accomplie. Les uns les séparent pour quinze jours, les autres pour huit. Le Talmud veut que l'enfant soit procréé dans la plénitude de la joie, et que la femme ne soit pas douloureusement affectée au moment de la conception, car le Talmud attache une grande importance aux humeurs du père et de la mère au moment de la Biah. Il défend cet acte après un dîner copieux, après avoir bu, même après avoir mangé certains mets flatueux. Il prescrit la meilleure heure de la nuit après un certain repos. Il veut que les époux se parlent, se fassent des protestations d'amour, qu'ils bénissent le Créateur de toutes choses et qu'ils aient la ferme volonté de procréer un être raisonnable, faisant honneur aux hommes et à Dieu. Il y a de l'exagération dans ces prescriptions. Mais il est certain aussi que les enfants procréés dans l'ébriété sont des êtres légers, sans raison et sans consistance. Il est également certain que des enfants conçus pendant les menstrues sont des hommes de sang et de rapine. Quant à la stérilité des femmes qui sécrètent, elle tient exclusivement aux obstacles provoqués par la conformation des organes ou par certaines maladies de l'homme, obstacles qui empêchent les deux fluides de se joindre, car, pour si corrompu que soit le fluide de l'homme, dès qu'il se marie à la semence de la femme, il y a conception. Le fluide masculin, qui, sain, a une force projective de près de trente centimètres y atteint toujours, et, dès qu'il y atteint et que l'*Ervah* le reçoit, elle conçoit. Mais souvent, malgré une grande apparence de santé, la conjonction ne se fait pas. Le médecin ordinaire déclare alors la femme stérile. Nullement! *L'homme tout plein de semence a eu une blennorrhagie ou une spermatorrhée. Cette maladie diminue la force trajectoire de la sécrétion séminale. J'en ai constaté l'absolue vérité. A chaque gonorrhée maligne ou virulente, cette force diminue de quelques centimètres.* L'homme a beau ensemencer, le fluide n'atteint plus le germe lubrifiant, qui ne descend que jusqu'à une certaine limite et *qui ne sort jamais de la Bouschah*. J'ai faitdivorcer un mari pour cette infirmité. Mari et femme se sont remariés. La femme a eu sept enfants, le mari n'en a pas eu davantage avec sa seconde femme, qui était toute jeune. J'espère que cette considération fera réfléchir les hommes sérieux qui traitent la gonorrhée comme une maladie sans importance.

XII

Répétons-le : la femme contribue pour sa part à la génération. C'est pourquoi presque tous les garçons ressemblent à la mère et presque toutes les filles à leur père.

Je ne sais pas s'il est vrai, comme le prétend la Kabbale, que le père donne exclusivement les os, les artères, le cerveau et le blanc des yeux (עצמות וגידין ומוח ולובן שבעינים), et la mère la peau, la chair, le sang et le noir des yeux (עור ובשר ודם ושחור שבעינים). Mais il est évident que le germe féminin produit le mâle qui lui ressemble, et le germe masculin la femelle, qui porte ses traits ou ceux d'un membre de sa famille. On a remarqué que les maladies du père se reproduisaient avec régularité sur ses filles et beaucoup moins sur ses fils. De même de la mère. Les filles ont d'ordinaire les dents gâtées ou saines du père, les fils celles de la mère. Or, les dents sont en général le meilleur signe de l'état bon ou mauvais de l'estomac. Quand le père a une maladie d'amour,

ses filles sont toutes affligées de scrofules et d'humeurs.
Ses fils le sont moins si la mère est pure et saine, si elle
n'est déjà pas la fille d'un homme débauché ou ruiné
par des maladies.

Il est vrai qu'il y a des filles ressemblant à la mère et
des fils qui ont les traits de leur père. Autre mystère qui
n'en est pas. D'abord cela n'est pas un très bon point
pour ces enfants. D'ordinaire le fils qui ressemble à sa
mère en a la délicatesse des nerfs et des sentiments. Il
est rarement méchant. Tous les hommes forts, tous les
grands hommes tiennent de leur mère et lui ressemblent.
La fille qui ressemble au père en a très souvent la virilité, l'énergie, la volonté. Il est rare qu'elle soit tout à
fait sotte. Les enfants, au contraire, qui ressemblent par
le sexe à leurs père et mère ont été conçus par la simul-
tanéité des fluides. L'un a donné le sexe, l'autre la ressemblance. Ces enfants ne contiennent pas les grands
contrastes harmonieux des deux sexes : ils sont d'ordinaire des êtres simples. Jusqu'à ce jour je n'ai pas trouvé
d'exception et, chose plus grave, je ne voudrais pas que
mon fils épousât une fille ressemblant à sa mère, cette
mère fût-elle une beauté, ni que ma fille épousât un
jeune homme n'ayant aucun trait de sa mère. Quant à
la ressemblance, il y a vraiment quelques mystères que
l'observation ne pénètre pas. La Kabbale prétend que le

premier homme qui initie la vierge laisse à l'*Ervah* son *ruach* (souffle, parfum, esprit), que cette femme n'oublie jamais ce rouach, que, même en se remariant, ses enfants ressemblent parfois au premier mari ou à sa famille. J'avoue que je trouve cela très hasardé. Cela se peut, mais j'ai connu des veuves qui ont aimé leur premier mari, qui, après la mort de ce mari, ont convolé et dont les filles ressemblaient trait pour trait au second mari; et pourtant la Bible, en cas qu'un jeune mari meure sans enfants, ordonne au frère d'épouser la veuve, et le Talmud ajoute : *afin que les enfants engendrés par ce frère cadet portent le nom du frère défunt auquel ils ressembleront.* C'est pourquoi Onan a jeté ses forces *ante portas.* Il n'a pas voulu être le père d'un enfant qui n'eût pas porté son nom et qui eût ressemblé à son frère. Nombre d'hommes, pour cette cause, répugnent d'épouser une veuve. Les Indiens ont une loi portant défense d'épouser une veuve. De là l'horrible habitude de la veuve de se brûler sur le bûcher de son mari défunt.

Moïse interdit au grand prêtre d'épouser une veuve. Nous verrons plus tard qu'il y a d'autres raisons pour cette répugnance. Celle que je viens d'énoncer n'est point assez concluante. Mes observations personnelles n'ont point constaté cette éternelle et indélébile mémoire

6

du *Rouach* du premier bien-aimé. Il est vrai qu'on trouve rarement une veuve qui dise à ce sujet toute la vérité. Mais enfin on n'a qu'à regarder les enfants du second et même du troisième mari quand on a connu le premier.

XIII

J'ai déjà fait remarquer que de toutes les femelles, la femme seule a ses menstrues, ce qui est un démenti donné à tous les Lucrèce (poète athée), passés, présents et futurs qui s'amusent à nous faire descendre d'un crapaud ou d'un singe. La femelle du singe n'est pas menstruée, ce qui force le pauvre mâle à vivre en concubinage avec la première guenon venue, qui, dès la conception, refuse toute complaisance d'amour. Certains oiseaux sont monogames, mais leurs amours n'ont qu'une saison, tandis que les animaux mâles quittent une femelle pour une autre, ce qui fait qu'ils sont très limités en puissance d'amour, et ce qui, en outre, abrège leur existence.

Tout humain mâle qui les imite rentre dans leur catégorie. Son pouvoir ne sera que de courte durée, ainsi que sa vie.

La monogamie est indispensable pour quiconque veut

arriver à un certain âge, vivre sans infirmités et produire de grands travaux.

Je dis *monogamie* et non *mariage*.

Le mariage n'est pas un *sacrement,* mais l'alpha et
l'oméga de l'*hygiène.* Il est si peu un sacrement, qu'il
faut divorcer dès qu'au bout de cinq ans, il n'a pas produit d'enfant. En ce cas, il y a incompatibilité d'humeurs par la jonction des fluides, ou les maladies du
mari l'ont rendu inapte à procréer. Le divorce alors est
exigé par la loi de la nature. D'ailleurs, si le mariage
était un sacrement religieux, il devrait être défendu aux
veufs et aux veuves catholiques de se remarier.

Mais, sacrement ou non, le mariage, c'est la monogamie, et la monogamie seule est la garantie d'une vie
saine, laborieuse, utile à la patrie, à la société et encore
plus utile aux conjoints.

C'est pour consacrer la monogamie que la nature a
voulu qu'il n'y eût point de remède contre la violation
des lois de l'amour.

D'abord, par les menstrues, la femme éloigne d'elle
son mari au moins pour cinq ou six jours par mois. Le
Talmud a étendu cette séparation jusqu'à douze jours
ordonnant aux femmes de compter sept jours purs
sans vue de sang, après la menstrue (שבע נקיים). C'est
un surcroit d'abstinence. Mais malheur aux époux qui

n'observent pas cette loi de pureté, *du moins pour sept jours;* car, bon nombre de femmes, après avoir vu en rouge, voient deux ou trois jours en blanc. D'abord par la *Biah,* pendant la *Nidah* (menstrue), le sang impur s'introduisant dans le canal de l'urètre provoque un écoulement que Moïse a déjà décrit sous le nom de *Sab* et de *Saba* (Lévitique, chap. xiv). Cet écoulement d'ordinaire est bénin, mais il n'en dure pas moins de sept jours jusqu'à six semaines. La Bible ordonne des bains d'eau. D'ordinaire, la maladie cède à vingt bains de mer, mais elle n'en laisse pas moins des traces indélébiles. Elle coupe par le relâchement des fibres nerveuses la force trajectoire et de l'urine et du fluide séminal, ce qui peut produire la stérilité pour certaines femmes. Cette gonorrhée, si bénigne qu'elle soit, quand elle est provoquée par le sang des menstrues, devient maligne dès que l'homme la communique à sa femme ou à n'importe quelle femme. Toute maladie, même la petite vérole, a été bénigne à l'origine.

Elle devient maligne par la transmission. Le mal acquiert des forces en marchant (*vires acquirit eundo*). A la fin, l'extension détruit l'intensité, mais ce n'est qu'à la fin, au bout de quelques siècles, et quand les hommes, guidés par la raison, rentrent dans les lois de propreté, de paix, d'humanité, de continence et de

6.

sobriété. Même phénomène chez la femme.' La gonorrhée, plus facile à guérir chez elle que chez l'homme, détériore la muqueuse de l'*Ervah;* l'enfant qu'elle produit, neuf fois sur dix, est lymphatique.

On a remarqué que les enfants des époux affligés de cette maladie sont faibles de poitrine. Les maladies de la poitrine, d'ailleurs, comme toutes les autres qui sont héréditaires, sont des filles légitimes des maladies d'amour. C'est la maladie mère. Qu'elle disparaisse, au bout de cinquante ans il n'y aurait plus que des maladies accidentelles disparaissant avec le sujet malade qui meurt.

Des médecins modernes emploient des poisons violents contre la gonorrhée. Ce sont des assassins. Ou ils attaquent le canal ou la vessie. Tout homme guéri par ces contre-poisons sera à l'âge de quarante-cinq ans affligé d'horribles maux. Sa vie sera abrégée de vingt et de trente ans. Le meilleur remède, c'est une série de bains, des injections rafraîchissantes, non astringentes, et une abstinence complète de cohabitation amoureuse.

Tout homme qui aime deux femmes à la fois s'expose à cette maladie, ces deux femmes lui fussent-elles fidèles. D'ailleurs, l'excès seul produit le même mal. Pour être à l'abri de cette horrible maladie qui donne le dégoût de tout travail, souvent même de la vie, il n'y a qu'un moyen : *n'avoir jamais qu'une seule et unique femme; vivre avec elle d'après les lois de la nature.*

L'homme jeune, qui n'a pas jeté ses forces à la débauche, peut s'approcher tous les jours de sa femme. C'est son droit et c'est son devoir; j'ajoute que c'est sa santé et celle de sa femme.

Il ne doit s'abstenir que :

Premièrement. Pendant les *sept* jours de menstrues.

Secondement. Trois semaines, six semaines au plus après la conception.

Troisièmement. Six semaines après l'accouchement.

Le germe porte en soi, dès le premier jour, et le sexe et le degré d'intelligence dont il sera susceptible. C'est un miracle. Non! c'est la loi de la nature conforme à la raison !

Mille millions d'athées ne seront pas capables de créer une aile de mouche, à plus forte raison un homme sans la loi de la conception. Au bout de six semaines, la Biah sera aussi utile à la femme qu'à l'enfant.

Chose unique chez l'homme !

Le mari s'abstiendra encore un mois avant et un mois après l'accouchement. Ces trois mois sont compensés par l'absence des menstrues pendant neuf mois, ce qui fait soixante-trois jours.

La nature par là indique au mari les jours d'abstinence qu'il doit prendre.

Quand la femme allaite, elle risque rarement de concevoir. Nouveau miracle! Non! Toujours la même loi! C'EST QUE LA MUQUEUSE NE SÉCRÈTE PAS PENDANT QUE TOUT LE SANG DE LA MÈRE REMONTE EN SE TRANSFORMANT EN LAIT QUI N'EST QUE DU SANG BLANC.

Certaines femmes conçoivent au bout de quelques mois, *ce qui annonce que leur lait est mauvais pour l'enfant.* La transformation ne se fait pas. Voici une observation très importante faite par la *Kabbale* qu'aucun médecin profane n'a faite et qui est de la première utilité pour le genre humain.

LE LAIT DE LA MÈRE PENDANT LES TROIS PREMIERS MOIS APRÈS L'ACCOUCHEMENT CONTIENT DES SELS QU'IL N'A PLUS, CES TROIS MOIS PASSÉS. CES SELS SONT INDISPENSABLES POUR L'ENFANT. ILS FORMENT ET PURGENT SON ESTOMAC, ILS L'HABITUENT AU JEU RÉGULIER DE LA DÉCOCTION ET DES ÉJECTIONS. CES SELS PROVIENNENT EXCLUSIVEMENT DU FLUIDE SPERMATIQUE DE LA FEMME QUI SE TRANSFORME EN LAIT. IL EST DONC D'UNE ABSOLUE NÉCESSITÉ QUE TOUTE NOURRICE, REMPLAÇANT LA MÈRE POUR UN ENFANT NOUVEAU-NÉ SOIT FRAICHEMENT ACCOUCHÉE.

Il faut que toute mère nourrisse son enfant du moins pendant les trois premiers mois. La nourrice accouchée depuis trois mois n'a plus ces sels. Autant ils sont nécessaires pour purger l'enfant pendant les trois premiers mois après sa naissance, autant ils sont dangereux ces trois mois écoulés. *Confier donc un enfant nouveau-né à une nourrice accouchée depuis plus de trois mois, c'est sinon le vouer à la mort, du moins à une santé défaillante.* Les lois de la nature sont toutes géométriques, strictes comme un théorème d'algèbre. On ne les viole jamais impunément. Je n'ai jamais admis de nourrice que fraîchement accouchée et ayant assez de lait pour allaiter deux enfants, ou donnant son enfant à une autre nourrice munie de cette abondance de lait. Bon nombre de nourrices venant d'accoucher peuvent nourrir deux enfants. Au bout de trois mois, tous les organes de l'enfant fonctionnent. Il peut teter une nourrice de six mois de lait, mais en tout état de cause, la santé de l'enfant n'est garantie que par la propre mère.

Autre considération.

La mère qui ne nourrit pas son enfant risque de concevoir plus vite et plus fréquemment. Alors la fréquence antinaturelle de l'enfantement l'*expose à une mort précoce et certaine.* Une femme qui nourrit ses enfants met d'ordinaire un intervalle de dix-huit mois à deux ans entre un enfant et l'autre. C'est sa santé et celle de l'enfant. Une mère qui ne nourrit pas peut accoucher tous les ans, même tous les dix mois, car elle peut concevoir quelques semaines après l'accouchement.

Cette violation de la nature ne restera pas impunie. En peu d'années la femme meurt d'épuisement ou par d'horribles maladies de poitrine.

Que si elle s'accorde avec son mari pour ne pas enfanter, elle s'expose à d'affreuses maladies de l'*Ervah*, encore plus incurables.

Le fluide séminal de l'homme (encore une vérité ignorée) est d'une absolue nécessité pour la santé de l'Ervah de la femme. Chose encore plus curieuse. La plénitude de ce fluide donne à la femme santé et vigueur. C'est même sous ce seul rapport que les Pères de l'Église, se fondant sur la Bible, ont eu raison de subordonner la femme à l'homme. Même après l'âge de retour, le mari est le conservateur de l'*Ervah* et lui porte santé et vigueur. Le fluide de l'homme est aussi nécessaire à l'Ervah que la rosée à la fleur. Sans cette rosée, elle dessèche, ou bien elle s'enflamme et se ronge par des polypes. La quantité effrayante de ces maladies est due au vice d'Onan avec sa femme. Et qu'on ne croie pas que la femme ne soit pas nécessaire à la santé de l'homme! La sécrétion de l'Ervah fait du bien à l'homme. C'est un bain non seulement de volupté qu'ils prennent, mais de santé, à condition qu'ils restent dans la loi de la nature qui veut d'abord la monogamie et la monoandrie la plus absolue et qui ne permet pas qu'on la viole, soit par un infanticide, un avortement, soit par des moyens artificieux, soit par une soustraction de devoir envers la progéniture.

Rien d'artificiel ne peut remplacer la nature. Autrement il y a longtemps qu'il n'y aurait plus d'hommes sur terre, et sans l'homme tout croulerait, même les planètes.

Une femme ayant suivi cette loi, n'ayant jamais connu qu'un homme, ayant enfanté vingt enfants, les ayant tous nourris, non seulement aura connu toutes les voluptés humaines et divines de la vie, mais dans les conditions ordinaires de l'existence, elle atteindra à l'âge de cent ans sans aucune infirmité.

Une femme ayant vécu dans les plaisirs factices du monde, dans la plus grande abondance, mais violant ces lois, soit qu'elle ait connu plusieurs hommes à la fois, soit qu'elle n'ait pas nourri ses enfants, ou qu'elle se soit abandonnée à l'amour artificiel, ou bien encore qu'elle se soit livrée pendant ses menstrues, même sans avoir été affligée d'une maladie rongeuse, ce qui est un

quine dans une loterie, n'atteindra pas l'âge de soixante
ans. Si elle y atteint, c'est en passant par trente années
de douleurs et de souffrances, sans compter les drogues
et les imprudences des médecins. Mieux vaudrait pour
elle mourir à quarante ans. De même l'homme !

XIV

Je n'ai point encore parlé de la grande maladie d'amour, le fléau de la débauche, le désespoir de la médecine. Aussi pourquoi la médecine s'épuise-t-elle à chercher de vains remèdes contre le vice et les violations de la nature? Que ne se contente-t-elle de dire aux hommes : Suivez les lois de la nature et vous vous porterez bien. Que si vous présumez être plus forts que la loi, libre à vous, à vos risques et périls. Autant être le confesseur d'un roi pour l'absoudre de tous les crimes, de toutes les infamies. Heureusement la nature se moque de toutes les fraudes pieuses des médecins. Ils ont beau droguer, inventer contre-poison sur contre-poison, le Créateur n'a donné à l'homme la puissance divine de l'amour que pour rattacher le bonheur à la propagation de l'espèce et pour la glorification de sa bonté. Tout amour en dehors de cette loi commence par un avertissement, puis, comme la justice, il lance une première assignation avec amende et dommages et intérêts. S'il y

7

a récidive, le criminel est appréhendé au corps, jugé, traîné de maladie en maladie jusqu'à la troisième génération, et finalement voué à une mort douloureuse, honteuse et prématurée. Le Talmud appelle cette mort *karath* (retranchement).

Je n'ai pas l'intention d'écrire un traité de médecine. Je n'écris que pour les jeunes gens sérieux qui aiment mieux vivre longtemps en bonne santé, tout en cueillant les fruits savoureux de la vie, que de se jeter tête baissée dans le tourbillon voluptueux de quelques mois, sauf à vieillir jeunes et à mourir criblés d'infirmités, assaillis de douleurs.

Répétons-le donc à la face de tous les charlatans. Il n'y a pas de remède contre la syphilis, quel que soit son nom vulgaire. Cette maladie a toujours existé sous différents noms. Les Français l'ont longtemps appelée la maladie napolitaine. Les Allemands l'appellent tout court *les Français*. Les Napolitains eux-mêmes croyaient en avoir hérité des Espagnols et les Espagnols se flattaient de ne l'avoir pas connue avant la découverte de l'Amérique. Il est vrai que les Indiens découverts par Colomb étaient tous affectés et infectés de ce mal, car ils vivaient en promiscuité dès l'âge le plus tendre. Même, sans les Européens, ces peuplades tombées dans la crapule idiote auraient disparu de la terre. Mais la maladie a toujours existé chez tous les peuples débauchés. Moïse la signale chez les sept peuples idolâtres et vicieux de la Palestine. Aristophane en parle, de même qu'Horace. La lèpre était la syphilis des Juifs. Dans les pays chauds, cette maladie prend des noms et des aspects hideux. Dans les pays froids, elle dévore les poumons et donne des phtisies galopantes. Je ne parle pas de ses effets cancéreux rongeant bronches, larynx, nez et yeux, après avoir emmiété les organes de la génération. J'ai connu un grand médecin qui a essayé de guérir la maladie en soumettant le malheureux patient à un régime de diète absolue, lui refusant tout aliment, sauf quelques pommes de terre, une ou deux cuillerées de thé et une décoction dépurative légèrement mercurialisée. J'ai vu guérir un ou deux jeunes gens au bout de trois mois. Mais où est l'homme qui voudrait se soumettre à mourir presque de faim et à ne prendre par jour que trois pommes de terre, une cuillerée de thé et deux verres d'eau ! Ce serait cependant le seul remède efficace. Pour ôter à ce mal torrentueux son action incessante, il faut miner le sol sous ses pas, lui ôter pour ainsi dire le sang et la vie.

Autant dire, il faut, pour nettoyer un fleuve marécageux et pestilentiel, lui retirer l'eau, le dessécher. Quand le malade est desséché, alors il faut le nettoyer et expulser le poison. Lui donner du mercure ou de l'iodure, sous n'importe quelle forme, c'est lui échanger une maladie aiguë contre trois maladies chroniques. Il perdra d'abord ses cheveux, ses dents après, peut-être ses ongles. A quarante-cinq ans, il sera pris de tremblements dans les mains et dans les jambes. Heureux si les cellules du cerveau se ramollissant ne sont pas tombées en pâte. Il y a bien le soufre contre le mercure, alors c'est la poitrine, ce sont les voies respiratoires qui s'engorgent. C'est, comme dit le proverbe allemand, « des oignons pour de l'ail »; car il faut que ce soufre soit aspiré dans des bains de vapeur. Peu de personnes y résistent à la longue. D'ailleurs le soufre n'est pas un empêchement à la calvitie, aux tremblements, à l'impuissance. Car, que le malade guérisse ou se croie guéri, il lui restera toujours une certaine faiblesse, moins de soudaineté dans les nerfs. Pour la femme, c'est pis encore. Elle est rongée de polypes, d'excroissances fongueuses, cancéreuses, qu'il faut couper, au risque de voir mourir la femme sous la main de l'opérateur et qui reviennent toujours. Si ce n'est pas à l'Ervah, c'est aux seins que le mal se jettera. Ou bien, comme l'ancienne lèpre, la syphilis s'appellera dartres, éruptions de peau. On enverra le malade à tous les bains chauds. Vains efforts! Il n'y a ni herbe, ni drogue, ni eau, ni sirop, contre ce mal qui n'atteindra jamais un couple fidèle. Et nulle inoculation possible. Quand j'étais à l'Université, mon professeur, qui était un grand philosophe et qui ne croyait pas aux drogues inventées pour donner un démenti à la nature, a essayé, sans demander l'autorisation d'inoculer le virus de ce mal sur un condamné à mort et qui en est mort en prison. Ce fait peu connu a été nié par les autres médecins. Comme le professeur n'avait pas demandé l'autorisation à la justice, il n'a pas insisté et n'a point rapporté le fait dans son journal. Mais moi je l'ai vu et je l'atteste. Que ceux qui n'y ajoutent pas foi osent faire cet essai sur eux-mêmes. Je ne les y engage pourtant pas. Ce serait un suicide!

A quoi bon d'ailleurs se creuser la tête? Quand on veut guérir un mal, on en cherche avant tout la cause pour la détruire. La cause ôtée, le mal disparaît. Morte la bête, mort le venin. Or, comment ôter une cause qui se renouvelle toujours par de nouvelles débauches, *par la prostitution autorisée,* par nos lois sociales qui toutes sont dirigées contre la monogamie de la jeunesse et contre l'augmentation de la population. On guérirait aujourd'hui tous les syphilitiques, demain la même maladie, provoquée par les mêmes déréglements, reparaîtrait sous d'autres formes. Il ne sert à rien d'essayer des iodures et de remplacer le mercure, toute violation à la

7.

loi de la nature créera inexorablement de nouvelles maladies incurables, et qu'on ne guérira qu'avec la ferme
volonté de vivre conformément à cette même loi. Sup-
posez que demain un médecin trouve un remède sûr
contre la syphilis. A l'instant, la jeunesse, munie de ce
diplôme d'impunité, s'abandonnerait à des excès d'amour
qui la rendraient totalement impuissante en cinq ans et
qui en feraient une race d'idiots et de crétins.

En très peu de temps, toutes les femmes seraient stériles, car la débauche stérilise la femme, et, en la stéri-
lisant, elle lui donne le pouvoir d'émasculer tous les
hommes, jusqu'aux adolescents, en moins de cinquante
ans. Qu'est-ce que la société gagnerait alors par ce
remède? Heureusement nul n'en trouvera. Nul ne guérira de ce mal horrible qu'en se soumettant à d'autres
souffrances encore bien plus horribles. Cela seul empê-
chera les hommes de vivre en concubinage avec plusieurs femmes et de passer la jeunesse dans les maisons
de prostituées. Cela seul forcera les hommes de se
marier et les femmes d'enfanter. Ne gaspillons donc pas
notre temps à chercher des remèdes certains contre des
maladies que nous avons mises nous-mêmes dans la
nature et qui n'y sont pas. Disons la vérité aux hommes.
Prévenons les jeunes gens. S'ils ne nous croient pas,
libre à eux. Moi, je n'ai jamais entrepris de guérir une

syphilis. Quand un riche affligé de ce mal s'est présenté chez moi, je l'ai toujours envoyé à mes concurrents qui en ont fait une spécialité assez lucrative. Dix années plus tard, j'ai retrouvé mes clients, les uns sans cheveux, les autres sans dents, d'autres encore sans jambes. Leurs enfants étaient tous chétifs et scrofuleux. Impossible de leur donner une santé que leurs pères en les engendrant ont corrompue dans leur germe.

Quand aux indigen . affectés de ce mal, je leur ai donné des conseils, de l'argent, puis je les ai envoyés à l'hôpital, d'où ils sont sortis guéris en apparence, mais gros de plusieurs autres maladies.

Que pouvais-je faire pour eux, sinon de leur expliquer toute l'horreur de ce mal créé par les vices et les débauches de la société? J'aimerais mieux voir mon fils revenir d'une bataille avec une jambe ou un bras de moins, qu'affligé de cette maladie. Un homme qui l'a eue, quoi qu'il fasse, n'est plus que la moitié d'un homme, et, en tous cas, il abrège sa vie de vingt et de trente ans. (Voir tout ce qu'a écrit à ce sujet le célèbre docteur Huffeladd. C'était un honnête homme et un penseur consciencieux.)

Il est vrai que le pauvre n'a pas les moyens, fût-il sage, de se marier et de vivre d'après les lois de la nature. La société elle-même viole ces lois à l'égard des

pauvres et des faibles. Et elle en récolte le fruit empoi-
sonné. Car c'est la prostituée pauvre qui, vengeresse,
jette ce rongeur au sein des riches. Si les médecins,
avant d'être médecins, étaient philosophes comme Hip-
pocrate et Maimonide, la société qui les écouterait serait
beaucoup moins malade. Hélas! la grande majorité de
nos médecins sont de médiocres esprits. Ne croyant à
aucun principe, ils cherchent à acquérir de la répu-
tation par des cures authentiques ou fausses, afin de
gagner le plus d'argent possible. Plus la société leur
fournit de maladies, plus ils sont heureux. Quant aux
autres, ce sont des *Béhémoth*. Malheur à celui qui tombe
sous leurs cornes ou sous leurs pattes!

XV

Je n'ai point encore parlé de la circoncision, sortie de l'Égypte, si généralement usitée en Orient. En Chine et dans les pays chauds du Pacifique, on ne l'a jamais pratiquée. Nombre de médecins ont recommandé la circoncision, comme un préservatif hygiénique. Malgré ma bonne volonté, je n'ai pu trouver de l'hygiène dans cette mutilation. La circoncision ne préserve pas l'homme de la gonorrhée. Elle ne le préserve pas davantage de la syphilis. Elle facilite la propreté, soit, mais cela n'empêche pas l'homme incirconcis d'être propre. Certes, il est des cas de phymosis où il faut l'appliquer, mais c'est une maladie peu commune. Reste le vice de la masturbation. L'homme circoncis, dit-on, devient moins sensible aux attouchements, mais c'est encore une illusion. J'ai connu des garçons parfaitement circoncis qui se sont abandonnés à ce vice. La vérité est que la circoncision diminue chez l'homme l'ardeur érotique, mais est-ce un avantage ? L'homme doit modérer ses passions par sa volonté, non par une mutilation charnelle. Autant approuver les Origènes qui s'émasculent pour s'affranchir de la concupiscence. C'est chose divine que la passion de l'amour. Si la nature avait voulu que l'homme fût moins amoureux, elle l'aurait fait naître circoncis. Selon le Talmud, l'homme circoncis donne moins de bonheur à la femme qu'un incirconcis. Je n'entre pas dans les considérations religieuses. Il serait absurde d'imaginer un Créateur qui, après des milliers d'années, viendrait dire à un mortel : « En créant l'homme, j'ai oublié de lui couper un morceau. Si tu veux me complaire, coupe-le-lui pour moi. » Même sans l'absurdité d'une révélation personnelle, il n'est donné à aucun législateur d'être plus sage et plus fort que la nature, Je crois, avec bon nombre de rabbins, que la circoncision était un pacte de sang, un *vouement* de l'enfant à Dieu (1), un baptême religieux que les prêtres ont rendu indélébile, indestructible. Les catholiques exigent bien la tonsure, mais les cheveux repoussent.

Moïse, d'ailleurs, n'a pas fait circoncire un seul Juif dans le désert. Ce qui résulte d'un chapitre de Josué. Il n'a pas circoncis non plus ses propres fils. Sa femme

---

(1) Abraham, après avoir aboli le sacrifice humain par la légende de l'ange et du bélier, a institué la circoncision comme pacte de sang.

les a circoncis dans le désert quand ils avaient l'âge de treize et de onze ans. J'ai toujours été convaincu que l'antiquité polygame a connu une maladie lépreuse qui s'attachait principalement au prépuce de l'homme, maladie qui a disparu avec la monogamie et le progrès de la propreté. Chaque fois que l'homme s'efforcera de suivre la loi de nature, il chassera devant soi une centaine de maladies. Les Turcs et les Arabes qui sont très sales ont peut-être encore besoin de se circoncire. Cela les dispense de prendre des bains. Les Juifs, aussi longtemps qu'ils ont été dans le Ghetto, en ont eu besoin. Le jour n'est plus loin où pas un père ne permettra à un prêtre de toucher au corps de son enfant. Reste la masturbation, ou l'auto-contamination, qui est un vice provoqué par l'ignorance, l'incurie et parfois par lâcheté. Dès la tendre enfance il faut habituer l'enfant à ne pas se toucher le corps. Tout enfant sans cette défense prendrait un tic, car les nerfs de bonne heure s'exercent à palper. On parle d'abord à l'enfant pour lui faire honte. Il ne faut pas que l'enfant voie des attouchements d'aucune espèce, excepté ceux nécessaires à la propreté, mais si par hasard, chose extrêmement rare, l'enfant vicieux se touchait, il faudrait le frapper jusqu'au sang devant ses compagnons ou ses compagnes et ne jamais avoir pitié ni de ses douleurs, ni de ses plaintes, ni de ses cris. Dût l'enfant mourir sous les corrections, il vaut mieux qu'il meure à quatre ans et à cinq ans que de vivre idiot ou criminel. Car ce vice idiotise, crétinise l'homme. Rarement un enfant ayant eu cette maladie peut-il être guéri, rarement il dépasse l'âge de nubilité, après d'affreuses maladies de nerfs.

Cette maladie ne surgit jamais dans une maison où la mère nourrit et élève son enfant et où il y a plusieurs enfants. Loin de donner à chaque enfant une couchette à part, il est sous tous les rapports nécessaire que les enfants couchent deux à deux et même à trois. Ils ne s'ennuient jamais alors, ils jouent ensemble et ils s'endorment fatigués. On peut même coucher ensemble de jeunes enfants des deux sexes. L'enfant doit ignorer, jusqu'à l'âge de cinq ans, la différence du sexe. L'enfant surveillé par des parents propres et honnêtes ne connaîtra jamais ce vice qui tue ou qui prive l'homme de sa raison et de sa santé.

Reste le collège ou le pensionnat où les élèves couchent. C'est déjà un commencement de vice. Mon fils, ma fille, ne coucheront jamais ailleurs que dans ma maison. Mais là où cela n'est pas possible, il faut d'abord que l'on enseigne aux plus grands l'art de l'hygiène et qu'on leur prouve par des exemples les suites désastreuses de ce vice répugnant, laid et morbifère. Chose

malheureuse! Il n'est pas de vrai bonheur à aucun âge
sans la parfaite santé. L'éducation, l'instruction n'ont pas
d'autre but que le bonheur de chacun selon ses apti-
tudes naturelles. La première chose qu'on devrait donc
enseigner, c'est l'art de conserver sa santé et de pro-
longer sa vie saine et heureuse. Et bien! c'est à cela que
pas un pédagogue ne pense. La première leçon qui
devrait se donner tous les jours, matin et soir, dans toutes
les écoles primaires, secondaires et supérieures, c'est
l'hygiène, c'est la science et la mécanique du corps humain, c'est l'art de vivre d'après les lois de la nature,
c'est la certitude que pas un médecin ne possède contre
la violation d'une de ces lois un remède autre que d'y
rentrer le plus tôt possible. On a l'habitude de coucher
l'élève seul chacun dans un lit. C'est un vice capital.
L'homme ne doit jamais être seul. La solitude appelle
plus de vices que la sociabilité. Il faut coucher les élèves
deux à deux. Si l'un d'eux avait un penchant pour ce
vice, l'autre s'en apercevrait, lui ferait honte, l'en empê-
cherait ou le dirait. Si un élève est convaincu de ce vice,
il faut d'abord lui parler seul et lui donner les livres à
lire qui lui parlent des dangers et des suites désastreuses.
Si cela ne suffit pas, il faut le corriger en présence de
ses camarades, non pas par des paroles, la parole ne
mord pas sur ces êtres qui n'ont de l'homme que l'image,

il faut le frapper jusqu'au sang. La prison ne sert
à rien, il faut frapper sans miséricorde, les parents
ne s'y opposeront pas. J'ai eu un de ces malheureux à traiter dans un pensionnat. Je lui ai dit
froidement : « Mon garçon, un homme qui ne veut
pas se corriger de ce vice est un homme voué à la
folie, à l'idiotisme et à une mort précoce. Mieux vaut
que tu meures tout de suite. Prépare-toi. Ou tu
cesseras tes attouchements sans qu'on te lie, sans aucune machine, ou je te ferai frapper tous les jours,
dusses-tu rester sous les coups. » Il n'y a pas cru. Le
lendemain, après avoir parlé à ses parents, je l'ai fait
fesser avec des lanières, jusqu'à ce que sous des sanglots
il ait promis de ne plus y revenir. Je lui ai dit : « Prends
garde, si tu mens, c'est ton arrêt de mort. » Il a fait
des efforts, il n'y est plus revenu. Quant au remède des
pédagogues inconsciencieux et marchands de soupe
comme on les appelle à Paris, qui pour empêcher les
adolescents de s'adonner à ce vice ou pour les en guérir
les conduisent aux maisons de prostitution, on devrait
les flétrir publiquement et leur mettre un bonnet
d'âne.

On ne guérit pas un vice par un autre. La masturbation n'est pas un mal local, c'est un vice moral. La
prostituée ne le guérira pas, à moins d'en livrer une

tous les jours au malade. En ce cas, le remède est pire
que le mal.

S'agit-il d'un éphèbe pur que l'on initie à l'amour,
c'est le vouer à la débauche, à toutes les horreurs
qui en sont toujours les effets. C'est éteindre en son
cœur toutes les nobles aspirations de l'amour divin,
c'est tarir en lui toute sorte de poésie et de morale.
L'adolescent n'a nullement besoin de la femme, pas plus
que la vierge de l'homme. Il n'y a que des pères vicieux
et par conséquent forcément malhonnêtes, eussent-ils des
talents de premier ordre, qui puissent initier leurs fils
à la débauche et à la crapule. Que n'apprennent-ils de
même à leurs filles de s'adonner à l'amour sans s'ex-
poser à la maternité! Elles en ont besoin pour le moins
autant que le jeune homme. La nature n'a pas donné
au jeune adolescent ses rêves et ses succubes pour le
narguer, pour l'initier au vice. Elle le délivre de son
trop plein de gourme comme elle décharge le jeune arbre de son fruit qui est malsain. Le fluide seminal du
jeune homme avant vingt-trois ans ne vaut absolument
rien pour l'enfant. Les enfants engendrés par des jeunes
pères avant l'achèvement de la croissance qui s'annonce
par le crâne et par l'os vertébral de la nuque, ne
valent guère. Ils n'ont ni la raison, ni la santé, ni la
plénitude des mouvements voulus pour un homme

entier et bien fait. Souvent ces enfants meurent très
jeunes comme ceux engendrés par des pères trop vieux.
Qu'on voue le jeune homme aux exercices les plus
rudes du corps, qu'on le fasse voyager, mais loin de lui
faciliter la débauche par des mesures de police, qu'on
lui montre les dangers et les malheurs auxquels il s'expose, s'il s'adonne à l'amour prostitué avant l'âge de la
croissance achevée. Après, qu'il se marie ou non,
pourvu qu'il n'ait jamais qu'une femme à la fois et à
lui seul. Une femme mariée qui s'abandonne à l'adultère avec lui est aussi dangereuse qu'une prostituée, ne
connût-elle que son mari et lui. Que si cette femme
quelle qu'elle soit lui est infidèle sans l'avertir du
danger, il doit la quitter. J'allais dire *la tuer*.

Ceci demande une explication.

J'ai dit *la tuer*. Moïse dit *Mothjoumath*. « Que les
adultères et les prostituées meurent. » Cela paraît inhu-
main pour ne pas dire barbare. Voilà cinquante ans que
je médite, que j'observe et que je prends des notes sur la
prostitution et la femme infidèle. J'ai lu à ce sujet plus
de volumes qu'il n'y a de jours dans l'année. Eh bien !
aujourd'hui, à l'âge de quatre-vingt-quatre ans, au seuil
de la tombe, je déclare sur ma foi et ma conscience que,
sauf la peine de mort, je suis de l'avis de Moïse, et que
sans les mesures les plus rigoureuses contre la prostitu-

tion et la licence de la femme, nulle société ne prospé-
rera! Durant des siècles, elle sera rongée par d'horribles
vices, d'affreux maux, qui à la fin la réduiront à l'état
d'esclave, à la merci du premier conquérant qui passe.
Tous les peuples de l'antiquité qui ont disparu doivent
leur ruine à la prostitution officielle et officieuse. Je dis
tous sans exception. Les nations jeunes, très peu consi-
dérables en nombre, mais se maintenant dans la voie de
la nature, ont vaincu d'innombrables armées corrom-
pues de mœurs par la femme. Ces peuples, dès qu'ils se
sont abandonnés aux vices des vaincus, ont été subju-
gués à leur tour. C'est toujours la même histoire depuis
la sortie d'Égypte et la conquête de la Syrie, jusqu'à la
dernière victoire remportée par la Russie sur la Turquie.

Les Grecs, aussi longtemps qu'ils ont eu des mœurs et
des hommes vertueux donnant l'exemple, ont vaincu
les Perses. Ils étaient vingt mille contre trois cent mille.
Alexandre le Grand, chaste et viril, est vainqueur de
l'Asie. Dès qu'il prend les mœurs des vaincus, il disparaît. Toutes ses conquêtes s'évanouissent avec lui.

Les Romains ont eu des Scipion, des Régulus, des
Caton, des Lucrèce, aussi longtemps qu'ils ont dompté
et détruit leurs ennemis. Seuls, les Germains leur ont
résisté. Tacite en cite les raisons. Elles sont toutes
dans les mœurs des femmes. Les Gaulois perdus de

vices, dix contre un, n'ont jamais pu leur résister. Dès
que Rome est livrée à la courtisane, arrivent les Cati-
lina, les César, les Antoine, les Octave, les Tibère et
les Néron. Réduite à l'esclavage, Rome ne se relève
momentanément que par de rares empereurs vertueux,
mais le peuple corrompu ne peut plus se relever. Il
meurt honteusement, morceau par morceau, lambeau
par lambeau, comme un corps rongé par une syphilis
cancéreuse.

Les Juifs, sous le premier temple, sont tombés par la
débauche. Les prophètes en font foi. Sous le second
temple, les mœurs d'Hérode et de sa famille dépassent
en horreur celles de Tibère et de Néron. Un tel peuple
devait périr. S'il a lutté plus longtemps que les autres,
c'est que si ses hommes ont été corrompus, ses lois ne
l'étaient guère. Ce n'est pas Rome, ce sont Vespasien et
Titus, les deux généraux les moins débauchés, qui ont
vaincu la Judée. Mon intention n'est pas de faire un
cours d'histoire. Je défie qui que ce soit de me trouver
un seul exemple historique qui contredise la vérité que
je viens d'avancer. Toute la société, toute la force d'une
nation repose sur la vertu volontaire ou forcée de la
femme. En voici les raisons. Elles cloront ces notes que
j'ai écrites à la hâte pendant une maladie qui m'a forcé
de garder la chambre.

L'homme par sa liberté, qui le distingue de tous les êtres créés, devient l'égal du Créateur, mais cette même liberté, par ses erreurs et ses vices, peut le jeter dans un extrême de dégradation sur l'échelon le plus bas des existences. De même, la puissance illimitée en amour qui élève la femme au-dessus de toutes les créatures; puissance qui seule rend la monogamie possible, par son illimitation même risque de devenir infernale et expose la femme à tomber au-dessous de la dernière des brutes. Il n'y a pas de milieu sain pour la femme entre ces deux extrêmes.

Entre la santé et la mort, il n'y a que la maladie.

Entre la loi de la nature et la violation de cette loi, il n'y a que désordres, douleurs et ruines.

Contrairement à l'avis de nombre de médecins, la femme contribue pour sa part à la génération. Mais la sécrétion de l'Ervah est comme un à trois. La nature réserve ces deux parts des forces matérielles pour la gestation de l'enfant. L'homme ayant une fois pour toutes donné son contingent de force physique. Montaigne, livre III, chapitre v, raconte, d'après un auteur latin, *Flavius Vopiscus*, que l'empereur Proculus a parié avec l'impératrice, sa femme, qu'il était aussi fort qu'elle en amour. Ils firent venir une centaine d'esclaves sarmates mâles et femelles, éphèbes et vierges. L'empereur, dans une lettre, dit qu'il est allé jusqu'à dix, tandis que l'impératrice était déjà à son vingt-cinquième. Je crois que si elle s'est arrêtée, c'est par modestie, car la femme peut mentir en amour, l'homme ne le peut pas. Qu'on réfléchisse bien sur cet abîme qui sépare l'homme, non de la femme, mais de la prostituée. *L'homme n'est l'égal que de l'honnête femme.* Nulle femme qui s'abandonne à l'amour en dehors des conditions d'épouse et de mère n'est honnête; elle ne mérite ni respect ni égard, et la société envers laquelle elle viole son devoir ne lui doit aucun droit. J'ai connu des prostituées qui m'ont avoué qu'étant amoureuses d'un jeune homme, elles ont sacrifié jusqu'à six fois par jour pendant toute une semaine sur l'autel de la volupté, sans aucune feinte. L'homme naturellement est tombé malade, mais la femme, comme dit Salomon, après avoir mangé, a essuyé sa bouche et a dit : Ce n'est rien. Ces mêmes prostituées m'ont encore avoué que, n'aimant plus et employant différents moyens pour empêcher toute sécrétion, que, vulgairement elles appellent jouissance, elles reçoivent jusqu'à vingt-cinq hommes par jour. Dix c'est le minimum. Elles se plaignent de n'avoir pas assez de pratiques.

Quand l'homme à une femme, fût-elle la dernière des créatures, fait des protestations d'amour, sa nature confirme les paroles. Son physique extérieur change

avec l'amour et de forme et de mouvement : il ne peut
adorer sans brûler. Même épuisé de moelle et n'appli-
quant que sa force nerveuse, il y a chez lui une perdi-
tion de forces. D'ailleurs, il ne jouera pas trois mois à
ce jeu sans tomber dans l'impuissance physique et morale. J'ai assez parlé des maladies incurables qui suivent
ces excès et qui compromettent l'avenir et la vie.

Il n'en est pas de même de la femme. Outre les
moyens matériels qu'elle emploie et qu'elle peut facilement employer pour s'empêcher de sécréter et de concevoir (je n'ai pas besoin de les énumérer), la fréquence
des Biahs la rend facilement stérile. L'Ervah s'enroue
comme le gosier, la muqueuse perd son jeu ; ou elle ne
sécrète plus, ou elle ne suinte qu'un fluide blanchâtre.
La courtisane eût-elle même conçu, le germe, noyé par
d'autres secousses et n'ayant pas son incubation, tombe
en gouttes de sang noirâtres, et bientôt l'Ervah perd
toute capacité de conception. Alors, sans avoir les spas-
mes de l'hystérie, la femme devient insatiable. On peut
encore la lasser par des moyens factices, par des ébran-
lements de nerfs, mais la rassasier, — jamais. Alors la
femme, qu'elle fasse état de la prostitution ou non, devient un fléau vivant.

Elle lasserait, déviriliserait, empesterait tout un régi-
ment à elle seule. Cette toute-puissance de la volupté

séduit, entraîne le jeune homme qui se laisse prendre à la glu comme une mouche dans une toile d'araignée. Point n'est besoin d'être pour cela une prostituée reléguée dans une maison borgne. J'ai connu des femmes du monde en Italie et en France mille fois pires que ces mercenaires de la débauche. Toute femme qui, en dehors de son époux, connaît un autre homme est une prostituée. Car, une fois qu'elle connaît plusieurs hommes, qu'elle en connaît les différentes forces, elle ne s'arrête plus, surtout si elle est décidée à ne plus enfanter. L'homme pour elle n'a plus d'autre beauté que la force. Deux alors sont plus forts qu'un, trois que deux, et ainsi de suite. C'est la raison pourquoi certains peuples ont défendu d'épouser des veuves.

Toute femme donc, je le répète, qui se livre à sa passion érotique avec certitude de ne pas concevoir est une puissance infernale qui, à elle seule, dévorera, émasculera ou mettra sur la paille deux ou trois cents jeunes gens, à moins qu'elle ne soit publiquement dégradée, à moins que l'homme, quel qu'il soit, fût-il sur le trône, ou eût-il le génie du Créateur divin, ne soit publiquement flétri avec elle. Voyons le traitement que la société réserve à un de ses membres quand, abusant de la liberté morale qui en fait presque un ange, cet homme porte atteinte au travail, à la santé, à la vie de son semblable :

Elle le condamne tout bonnement à l'amende, à la prison, à la mort. Permet-on aux voleurs de faire bande à part afin de pratiquer leur métier, parce qu'ils ne gagnent pas assez à être honnêtes? Et l'on permettra à une femme de se prostituer sous prétexte d'insuffisance de salaire. Mais le voleur est beaucoup moins dangereux. Il vole tout seul, tandis que la prostituée fait toujours des milliers de dupes et de complices. Voilà un être, une prostituée qui, abusant de sa puissance illimitée en amour, non seulement viole tous ses devoirs d'épouse et de mère, mais engage et entraîne non pas un, mais mille de ses semblables à violer leurs devoirs de fils, de père, d'époux et de citoyen. Car jamais débauché ne fut ni ne sera un citoyen; tout au plus comme César et Hérode, il deviendra le fléau de la République. Et la société se contente de regarder cette femme d'un air de dédain stérile! Au plus fort, elle condamne une femme adultère à trois mois de prison. Quoi d'étonnant alors que le mari se fasse justice lui-même (1)?

Nos mariages, il est vrai, ne sont pas toujours, à cause de la prostitution légale, conformes aux lois de la nature. S'il n'y avait pas de prostituées, les jeunes gens se

---

(1) Moïse, très sévère pour l'adultère, ne permet jamais et sous aucun prétexte au mari de se rendre justice lui-même, pas même en flagrant délit. S'il tue, il est tué.

marieraient forcément sans dot et vivraient monogames
Il n'y a jamais trop d'enfants. L'Allemagne prolifique
peuple de ses enfants l'Amérique.

La moitié de la terre n'est pas cultivée. Elle pullule
d'animaux malfaisants et d'insectes dangereux qui doivent céder le pas au travail de l'homme. C'est la prostitution, et la prostitution seule, qui par ses effets logiques nous envoie des pestes et des choléras du fond de
l'Égypte et des Indes.

Que sera-ce donc quand, vivant publiquement et léga-
lement au milieu de la société, on dresse à la prostitution
des autels comme à Athènes, à Rome (païenne) et à Rome
(catholique), du temps des Sixte et des Borgia, comme
à Paris sous le règne de Louis XIV et de Louis XV
Lisez l'histoire lamentable de Louis XIV et de Louis XV
les cruautés, les barbaries des grands débauchés, le
misères du peuple. Presque toute l'histoire des chrétiens
à quelques rares exceptions près, n'est qu'un long réci
des reines prostituées et des rois aussi crapuleux que
sanguinaires.

L'histoire du bourgeois et du peuple n'est qu'un long
martyrologe de misères, de maladies et de morts vio-
lentes. Encore est-ce la femme du bourgeois et du peuple
qui a sauvé l'existence des nations modernes. Ce n'est
qu'avec la science philosophique de la Renaissance

science qu'enseignent les lois de la nature, que les mœurs se relèvent, que le divorce, qui seul garantit la mono-gamie, reparait, que la prostitution est flétrie (1). Le protestantisme lui fait une guerre à outrance. En vain! Aussi longtemps que la société n'enseigne pas par la raison à tous ses enfants les lois logiques et immuables du Créateur, en dehors de toute superstition, de toute révélation, l'homme compromettra sa liberté par la négation absolue de tout principe moral, et la femme par sa passion d'amour licencieuse et illimitée.

Dans une société, au contraire, où la voie de la nature serait tracée par la loi, toute femme violant sa loi serait écrasée comme un insecte, et tout homme se livrant à elle serait décrété d'indignité, retranché de la société.

Notre société prostituée, elle-même, est moins sévère. J'admets toute indulgence, pourvu qu'elle ait pour but d'extirper cette peste morale, la mère de toutes nos misères. En attendant, je vois l'Europe toujours en proie soit à d'horribles maladies, soit aux fureurs de la guerre. Quant à moi, dès qu'une guerre se déclare, j'étudie les mœurs des belligérants. Là où la haute et la basse pros-titution règne impunément sous n'importe quelle forme, je jette mon bâton de Turenne en m'écriant : « Ven-

(1) Hélas! cela ne s'applique guère au dix-neuvième siècle des cocots et des cocottes!

9

geurs, allez le chercher! » Une nation de débauchés peut être courageuse pour une futilité. Elle peut braver la mort comme les *Bleus* et les *Verts* de Bysance pour des chevaux, pour des bijoux, pour des histrions et pour des prostituées, jamais pour une idée abstraite de patrie, de liberté et de vertu! Une nation d'entreteneurs et de filles est une nation partagée avant d'être vaincue, foulée aux pieds comme des brutes et abattue dès la première défaite!

FIN

Publié pour la première fois en 1868.

MONITOIRE

—

Nul ne peut mettre en doute la vitalité supérieure de la race juive. Tous les peuples de la terre, depuis les premiers idolâtres jusqu'aux dernières sectes chétiennes, l'ont poursuivie, foulée aux pieds, pillée, volée, martyrisée. Plus de dix millions de Juifs ont été convertis de force à différentes religions dominantes et intolérantes. On les a abreuvés de mépris, on les a couverts d'ignominie, on les a rejetés parmi les chiens, les porcs et les mulets ; ils ont survécu à toutes les douleurs, à toutes les persécutions, à tous les martyres, à toutes les abjections, et ce qui plus est ils ont survécu à toutes les absurdités scolastiques de leur Talmud, à toutes les aberrations mystérieuses

de leur Cabbale, tout cela grâce à leurs mœurs
instituées par des lois de pureté de Moïse et rigo-
risées par des lois de chasteté des rabbins.

Ernest Hart, dans sa *Biostatique,* constate que
les Juifs en général vivent plus longtemps que les
Gentils et les Turcs. Les garçons, dit-il, dépassent
de beaucoup chez eux en nombre les filles. Ils sont
exempts de maladies épidémiques, et ils perdent
beaucoup moins d'enfants que les Chrétiens et les
Musulmans.

Tschudi, parlant de la peste de 1346, dit qu'elle
n'atteignait par les Juifs.' Frascator cite comme un
fait extraordinaire que les Juifs étaient épargnés du
typhus en 1505, qui a fait de si grands ravages.
Ramazzini relate la même immunité pour les Juifs
de la peste qui régnait à Rome en 1691, malgré
la saleté et l'insalubrité du Ghetto. Dagner dit
qu'en 1736 les juifs de Norwége étaient épargnés de
la dysenterie épidémique qui y régnait. Eisenmann
prétend que le croup est une maladie rare parmi les
enfants juifs. Le docteur Sallard, dans son livre sur
le paupérisme à Londres, dit que les Juifs ne per-

dent que dix pour cent de leurs enfants, tandis que les Chrétiens en perdent dix-sept pour cent. La vie moyenne d'un Chrétien à Londres, dit-il, est de trente-sept ans, tandis que celle d'un Juif est de quarante-neuf ans. En France la vie moyenne, selon le même docteur, est également de trente-sept ans, mais celle du Juif est de quarante-huit ans. Sur le même nombre d'hommes, vingt-sept Juifs atteignent l'âge de soixante-dix ans, tandis qu'il n'y a que treize Chrétiens arrivant à cet âge. Il y a peu de sui- cides parmi les Juifs. Il n'y a presque jamais d'as- sassin juif. Peu de Juifs s'adonnent à la boisson, et il y a parmi eux peu de malades atteints de syphilis.

Tout cela, le docteur Hart l'attribue à la loi de Moïse (Lévitique, chap. XV, v. 19), disant : « *Tu ne t'approcheras pas de ta femme pendant sa période d'impureté, qui est de sept jours.* »

Ailleurs Moïse a mis la peine de mort sur la violation de cette loi. Moïse est le premier législa- teur qui ait élevé la pureté des mœurs dans l'amour conjugal à la hauteur d'un principe fondamental et national. Un enfant conçu pendant ce temps d'impureté « *nidah* », (נידה), s'appelle en hébreu *Mamser Benidah.*

C'est la plus grande injure de la langue hébraïque. Un Mamser Benidah, selon la loi de Moïse, ne peut entrer dans la sainte commune qu'au bout de la dixième génération. Le Talmud prétend que tout enfant conçu pendant l'impureté de la mère, est forcément voué au vice et à la maladie. Il est ou ivrogne, ou fou, ou épileptique, ou assassin, ou crétin. Rien ne saurait faire de lui ni un honnête homme ni une femme vertueuse !

Aussi le Talmud ne s'est-il pas contenté des sept jours d'impureté de la Bible. Rabbi Séré, dont l'ordonnance fait loi depuis près de deux mille ans, a établi sept jours de purification après la période d'impureté même (שבע נקיים). Toute Juive, après ses menstrues, comptait sept jours d'abstinence et de purification. Cette loi a été rigoureusement observée jusqu'au milieu du xixᵉ siècle. Tout Juif en se mariant, si pauvre qu'il fût, entrait en ménage avec deux lits. Chaque mois il était séparé de sa femme au moins douze jours. Cette séparation était si rigoureuse que pendant ce temps le mari ne donnait jamais le bras à sa femme. Pour lui passer un objet, il le posait sur la table pour ne pas toucher sa main.

L'épouse avait une toilette particulière pour cette époque. Au bout de cette purification la Juive était obligée de prendre un bain d'eau de source, hiver et été, accompagnée de deux témoins, d'ordinaire deux femmes payées par la commune à cet effet. Il fallait qu'elle plongeât trois fois et qu'il ne restât pas un cheveu d'elle hors de l'eau. Ce fut là, si l'on veut, une espèce d'hydrothérapie, mais surtout une prescription rigoureuse de propreté. Aussi la moindre commune juive avait-elle une *Mikwa*, un bain d'eau de source, arrangé pour pouvoir être chauffé en hiver et dont les frais, pour les femmes pauvres, étaient supportés par leurs coreligionnaires plus riches. A la toilette changée après ce bain, le mari reconnaissait d'ordinaire la fin de la purification. Cette loi non seulement renouvelait tous les mois la lune de miel, non seulement elle assurait à l'époux fidèle santé et longévité, mais elle était, avant tout, une garantie de force spirituelle et matérielle pour l'enfant, et de plus, d'après les principes du Talmud énoncés dans ce livre, elle devait favoriser la naissance des garçons. Elle était, en tout cas, une loi de fécondité. De là tous les avantages physiques et moraux de la race juive d'autrefois.

Mais depuis quarante ans aucune de ces lois sanitaires, que le Talmud appelle *des Haies,* n'est plus observée par les Juifs émancipés de France, d'Allemagne et d'Angleterre. Bien au contraire! Comme il y a eu réaction contre toutes les prescriptions du Talmud, les Juifs, de gaieté de cœur, ont transgressé non seulement les *Haies* du Talmud, mais encore les lois fondamentales de Moïse et de la Bible. A l'heure qu'il est il y a gros à parier que tous les privilèges de force vitale et de supériorité morale ont disparu, sauf peut-être pour quelques villages attardés de l'Alsace, de la Pologne et de la Hollande. En France surtout, les Juifs sont Malthusiens comme leurs concitoyens. Leurs fils riches meurent du *delirium tremens* dans la force de l'âge. J'en ai connu quatre pour ma part. Bon nombre d'entre eux ont été interdits par leurs parents et leurs conseils de famille. Aux courses, aux cercles de jeu, aux théâtres, qui tous sont des maisons de filles, ils jouent les premiers rôles. Des pères de famille juifs, imitant leurs concitoyens, parfois leurs propres fils, entretiennent des filles au vu et au su de leurs femmes, de leurs filles et de leurs coreligionnaires. Ils ne savent plus un mot d'hébreu. Ils ignorent totalement la Bible, les prophètes et l'histoire de de leurs ancêtres. Toute étude spéculative leur est étrangère comme aux Chrétiens. Ils ne se jettent que sur les sciences de rapport qu'on appelle positives, telles que les mathématiques, l'arithmétique, la géo-métrie, la chimie; sciences stériles qui n'apprennent jamais à un homme ni ses devoirs, ni à devenir meil-leur, ni la voie à prendre dans le dédale de la vie. En Allemagne comme en France, comme en Angleterre, les Juifs se sont mis à la remorque de l'athéisme chré-tien, n'étudiant que les sciences *réelles,* appelées là-bas *Realwissenschaften* et qu'un juif polonais a bien définies par trois verbes qui en sont l'essence. Savoir : *Fressen, Saufen, Huren.* Baffrer, goinfrer et la suite. Bref, il n'y a plus de différence entre Juifs et Chrétiens ni en France, ni en Allemagne, ni en Angleterre. Je ne sais s'ils ont les mêmes vertus, mais à coup sûr ils ont tous les mêmes vices.

Or, une nation ne se conserve ni par sa langue, ni par sa forme de gouvernement, ni par son sol, ni par sa capitale, ni par ses richesses. ELLE NE SE CONSERVE QUE PAR LE GÉNIE DE SES HOMMES ET PAR LA VERTU DE SES FEMMES; ET GÉNIE ET VERTU SONT LES PRODUITS NATURELS DE LA PURETÉ DES MŒURS DE L'AMOUR CONJUGAL. Non qu'il y ait une intervention miraculeuse, un châtiment décrété spécialement à ce sujet par un pouvoir divin quelconque qui frappe de stérilité spirituelle la corruption des mœurs! Il n'y a jamais eu, il n'y aura jamais un miracle hors les lois de la nature. Si la force créatrice violait une minute la nature identique à sa loi, tout croulerait, les planètes aussi bien que l'humanité. C'est la nature elle-même qui, pour se conserver, a créé la chasteté rigoureuse des amours, et c'est le temps, le seul justicier divin, qui venge la violation de ces lois, simplement, naturellement

comme des poux qui sortent de la gale, comme la
gangrène qui sort d'une plaie, comme la mort avant
l'âge qui sort d'une maladie, qui, elle-même, sort
de la violation d'une loi naturelle d'hygiène et de
santé. Sans chasteté dans les mœurs, le génie des
hommes et la vertu des femmes disparaissent en peu
d'années et font place au crétinisme et au catinisme.
Bien que l'esprit forme son organe dès le premier
germe, il faut pourtant que cet organe, vase d'élec-
tion, soit sain et puissamment ouvré. Un mauvais
tonneau gâte le meilleur vin, un cerveau défectueux
ou fêlé détruit le plus beau génie. La nature, en
vertu de ses lois, qui nous paraissent mystérieuses
mais qui sont patentes, ne crée ni un génie ni une
vertu que par et avec la pureté de la conception
amoureuse. L'impureté n'enfante qu'impuissance et
que vice. Le corps, fût-il vigoureusement charpenté,
sans raison il n'a ni durée ni portée. Les Goliath
seront toujours vaincus par les David, et les David
ne surgissent qu'au milieu des grandes familles,
parce que, d'ordinaire, les époux qui ont beaucoup
d'enfants vivent et s'aiment selon les lois naturelles

de l'amour conjugal chaste, pur et continent. Or, qu'est-ce que devient un peuple sans hommes de génie et sans femmes de vertu ? Un peuple de crétins, de catins, se réunissant sur des champs de crottin et dans des salles de patin, espèces de brutes s'attroupant pour la mangerie, la beuverie et la coucherie, qu'un enfant courageux chasserait devant lui avec une gaule de charmille, et qui, en temps de guerre, se rendraient à l'ennemi par centaines de mille en beuglant contre leurs chefs, ne valant pas mieux qu'eux, qu'ils accuseraient de trahison !

Le Traducteur

Paris. — Imp. Motteroz, 54 bis, rue du Four.

www.ingramcontent.com/pod-product-compliance
Lightning Source LLC
Chambersburg PA
CBHW071107260626
47162CB00006B/2245